中国科幻精品屋系列 ⑤

金　涛　总策划

特别案件

饶忠华　主编

科学普及出版社
·北　京·

图书在版编目（CIP）数据

特别案件 / 饶忠华主编．—北京：科学普及出版社，2018.3
（中国科幻精品屋系列）
ISBN 978-7-110-09298-9

Ⅰ．①特… Ⅱ．①饶… Ⅲ．①科学幻想小说－小说集－中国－当代 Ⅳ．① I247.7

中国版本图书馆 CIP 数据核字（2016）第 026641 号

策划编辑 徐扬科
责任编辑 沈国峰
装帧设计 青鸟意讯艺术设计
插　　图 范国静　赵连花　郭　芳　刘小匣　刘　正
责任校对 刘若岩
责任印制 徐　飞

出　　版 科学普及出版社
发　　行 中国科学技术出版社发行部
地　　址 北京市海淀区中关村南大街 16 号
邮　　编 100081
发行电话 010-63583170
传　　真 010-62173081
网　　址 http://www.cspbooks.com.cn

开　　本 710mm×1000mm　1/16
字　　数 190 千字
印　　张 14.25
版　　次 2018 年 3 月第 1 版
印　　次 2018 年 3 月第 1 次印刷
印　　刷 北京盛通印刷股份有限公司

书　　号 ISBN 978-7-110-09298-9/I・520
定　　价 35.00 元

序

世界上有很多人会做奇怪的梦，他们的梦又奇妙，又好玩。

在梦中，他们乘坐宇宙飞船，冲出大气层，飞上月球，飞向遥远的星座，甚至在银河的小行星上盖了房子，建了许多工厂和雄伟的城市。但是他们很快遇到了麻烦，宇宙大爆炸的冲击波毁灭了他们的家园，于是劫后的幸存者驾着飞船，成为孤独的漂泊者。

在梦中，他们像鱼儿一样潜入海洋，在深深的海底开采矿床，建造海底城市，也建成了海军基地和强大的舰队。正当他们雄心勃勃地扩张地盘、争夺海底富饶的钻石矿时，一场可怕的大地震爆发了，于是山崩地裂，海水沸腾，谁能逃过这场浩劫呢？

在梦中，他们进入了很深的地底下，居然发现地球内部还有一个世外“桃花源”，芳草鲜美，落英缤纷。那里的人像袋鼠一样跳跃走路，住在黑暗的洞穴里，有嘴却不会说话，只能用双手比画几下进行对话，如同人类聋哑人的“手语”，据说这是在地层高压下长期进化的结果。遗传学家考察后发现，这些地底下的聋哑人竟然和我们有相同的基因。

在梦中，机器人部队排成战列，每个机器人士兵都拿着激光枪和锋利的光子匕首，向着古老的城堡发起进攻，那是外星人盘踞的城堡，他们也不甘示弱，从城堡的枪眼里喷出的高温毒液，形成一片炽热的火海……

当然，还有很多梦，既稀奇又令人兴奋。比如：许多可怕的至今无法治愈的疾病，终于找到了特效药；分子型的微型机器人医生从血管、从食道进入人体的内脏，清除病灶、消灭隐患，创造了一个个生命奇迹。

还有很多很多，都是科学技术的新发明带来的惊人变化、创造的一个个人间奇迹，不用一一列举了。

这些梦，看似异想天开、玄妙荒诞，却也令人震撼、趣味无穷，它们写成小说就是科学幻想小说（也称科学小说），拍成电影就是脍炙人口的科幻电影。我相信，这是你们最喜欢的。

摆在你们面前的这部“中国科幻精品屋系列”，就是我国100多年来科幻小说的集中展示.它是由几代科幻作家，在不同历史时期，伴随科学技术的进步而创作的，也从一个层面反映了科幻小说家对于科学技术发明的殷切期望和美好向往。这里面多是描写科学技术的进步给人类带来的福祉，也有对科学技术成果滥用的忧虑。

这套书有一个很突出的特点：2000多篇作品，2000多个故事，时间跨度100多年，是按时间顺序编排的。阿拉伯文学中的经典作品叫作《一千零一夜》，这套“中国科幻精品屋系列”可以称作中国科幻的“一千零一夜”了。

这种分类方法一个很突出的特点，是可以很清晰地看到，中国科幻小说的题材与现当代科学技术的发明和传播相互之间密不可分的关系。这也说明，科幻小说尽管是幻想的文学，但它仍然植根于现实的大地之上。

我还想再补充一点，阅读科幻小说（以及看科幻电影），最大的收获不仅仅是长知识，而是增强你的想象力，这是训练一个人创造力的重要途径。“想象力比知识更重要”，这个观念已经被无数事实证明是有道理的。这方面的体验，只有通过阅读，不间断的、广泛的阅读，才能领会。

最后，我要感谢丛书主编饶忠华兄，并且特别感谢多年来支持丛书出版的科学普及出版社以及为此付出辛勤劳动的编辑们。

金　涛

2017年10月20日

目 录

致作者

1997 年起此套丛书在我社陆续出版，由于年代久远，有些文章作者的署名及联络方式已无从查考，故烦请相关作者与我们联系，我们将妥善解决署名及稿费事宜。

相差一岁的同龄人

沈治平

1990届医大学生郝庆生、张桂芝是一对恋人，都攻读外科，一次吃饭时因为桂芝不喜欢吃冻鱼，引起他俩和同班同学小王谈论到有无可能使冻鱼复活的问题。谁料这次谈话竟决定了他们三人的研究课题：低温复醒术。

一年之后，他们取得了成功。这时一个科学考察团在北极地区发现了一对在冰层里沉睡了上万年的猛犸，他们三人接到任务，去北极使猛犸复苏。他们在北极的实验室是一种充气的圆形屋子，当中放着一个巨大的圆形有机玻璃罩，四周放着各种仪器。雄猛犸取名强强，雌的取名丽丽。为了保险起见，决定先复醒丽丽，取得可靠经验后再复醒强强。他们把丽丽置于密封的玻璃罩中，机器人佳佳夜以继日在玻璃罩里护理。罩里的温度从北极温度缓慢回升，当接近零摄氏度时，佳佳接到指令，用伽马射线为丽丽灭菌。经过一个多月，罩内温度已达到猛犸活时体温，丽丽的血液在体外人工心脏的驱动下开始流动。庆生又给佳佳发出命令，注射营养液和胰岛素，但是猛犸的大脑和心脏依然没有苏醒。庆生和桂芝商量之后，命令佳佳用脉冲电波直接刺激丽丽的大脑和心脏，丽丽终于复活了。

丽丽苏醒后体质很弱，需要在罩内住上几天。这天，同志们都回营房休息，只有庆生和桂芝在实验室值班。突然一头巨大的北极熊窜进实验室，庆生见状急忙穿上电热衣，但却找不到激光枪。这时北极熊一掌打破玻璃罩，向丽丽扑去。佳佳上前阻拦，也被北极熊一掌击倒。丽丽见状大怒，用长鼻子卷住北极熊，一下把它抛了出去，屋子被砸了个大窟窿。零下70摄氏度的寒气顿时冲进实验室，丽丽挪动几步就倒下了。北极熊闯进来时桂芝只穿一件衬衫，来不及穿上电热衣，也被冻得像冰块一样。同志们闻讯赶来已无能为力，因为玻璃罩和主要仪器被北极熊击毁，桂芝和丽丽都无法复醒，只好就地用冰雪掩护着，由小王等人看守，庆生等人赶回祖国设法营救。

直到漫长的北极之夜过去，营救工作才开始。为了赶在夏季内能回祖国，他们对桂芝和丽丽、强强同时进行复醒术。正好在冻僵一周年的日子，桂芝复醒了。一周后，丽丽和强强也苏醒过来。他们终于回到祖国，一对猛犸也运了回来，丽丽以后还怀了胎。在庆贺胜利的日子里，庆生和桂芝举行婚礼，同学们送给他们的镜框上写着："贺相差一岁的同龄人新婚纪念"。因为庆生和桂芝虽是同年，但桂芝冻僵了一年，所以少了一岁。

《浙江科技报》，1980年1月1～22日

班机到达以后

施鹤群

在国际机场出口处，记者帮一个生病的旅客拎着皮箱出站，箱子很小，却很重。到了检票处，海关人员把他们叫出去，查出箱子夹层中藏着100多块手表。原来这个冒充生病的旅客是个走私犯。

记者感到奇怪，便去采访海关人员，向他们了解疑点是怎样被发现的。海关人员向他介绍：登记处地坪上的地毯底下，安置了传感器，旅客的行李重量都有准确记录。同时，录像机把旅客的外形也录了下来。行李的体积和比重异常的就有问题。出口处有一磁力探测器，可探出旅客箱中有没有金属制品。那走私犯就是这样被查获的。

《本溪科技报》，1980年6月15日

赛艇前后

施鹤群

7月底，我的“海燕”号造好后，正准备在海上试航，以便参加即将举行的赛艇比赛。小李打来电视电话，约我到海上公园去看海豚表演杂技。海上公园离这里50海里，正可以让“海燕”号在海上试试，我就一口答应了。

我和小李一起来到停靠在码头旁的“海燕”号上。这是一艘气垫滑行艇，设计速度是80节。小李问我：“到海上公园要多少时间？”我说：“最多一个小时。”小李皱了皱眉头：“那不行，赶不上开幕演出了。我看，你登上‘海燕’号，我还是潜水去。”接着，他便拿出一件塑料潜水衣穿戴起来。这是一件充气成型的潜水服，打足气后活像一条海豚，背上还有两只钢瓶：一只是氧气瓶，供呼吸用；另一只是高效海水电池，供潜水衣上的鱼形鳍摆动用。小李决意要同我比赛，我真不相信他潜游的速度会超过我的“海燕”号。比就比吧！我大方地让小李先行。小李也不推让，“扑通”一声跳下水游走了。我驾起“海燕”号也向海上公园进发。“海燕”号的速度达到了90节，超过了设计指标。我只用了几十分钟就到达了海上公园。谁知小李已等候在海上公园门口，我顿时傻了眼。小李诡谲地对我说：“这是从海豚那里学来的。”

原来，海豚的皮肤会分泌出一种高分子物质，溶解在周围的水中，降低水的阻力。小李的潜水服就是根据海豚皮肤会分泌减阻剂的原理制成的。它可以降低80%的海水摩擦阻力，这就是小李超前抵达的全部秘密。

比赛虽然输了，但给了我很大的启发。后来，我用高分子减阻法改进了我的“海燕”号，使“海燕”号达到300节，因而夺得了这次全国比赛的冠军。

《海洋》，1980年9月号

碧海鱼宫

施鹤群　朱玉琪

赵海龙终于如愿以偿了。他从中国水产学院电子仪器专业毕业后，分配到日思夜想的海洋渔业研究所工作。赵海龙如此热爱海洋渔业，那还得从他的家庭和10年前的奇遇谈起。

海龙的父母都是海洋牧场的科技工作者。他在父母的陶冶下，从小就爱上了海洋。小学毕业的那一年，在海龙的再三要求下，爸爸终于答应他的要求，带他去海底牧场开开眼界。从来没有见过大海的海龙完全被大海的绮丽、博大、神奇、壮观的景色所吸引，高兴得手舞足蹈起来。

不久，交通船就将他们送到了牧场的海面工作大楼。走进大楼，只见里面尽是电讯设备，每个房间都安装着电视机等各类仪器，屏幕上映示出奇形怪状的曲线。通过爸爸的解释，海龙才知道这里是牧场的心脏。工人叔叔正是通过这些电视机和仪器来控制整个牧场的。

接着海龙在爸爸的陪同下来到了海底牧场。突然，海龙听到有人喊他的名字，他循声望去，啊呀！原来是妈妈，于是他不顾一切地扑了上去。这时，正巧爸爸有事，妈妈就领着海龙到处参观。最最令海龙感兴趣的是两架机器，一架是自动给饵机，它像公园里的喷水泉一样，不断地把房间里一袋袋的鱼儿粮食喷射到四面八方；另一架是自动捕捉器，它像一只大口袋，利用电气吸力将鱼群吸入袋内去冷冻加工。

最后，海龙来到了妈妈的工作室，里面有一架很大很大的电视屏幕，海龙瞪着两只大眼睛，看着妈妈操纵电钮。突然，一个信号喇叭响了三下，妈妈立即走了出去。海龙就踮起脚尖轻轻地走动，他发现前面有一扇大的玻璃窗，窗外大大小小的鱼群慢悠悠地游来游去，好像在散步……

这时门开了，进来一位阿姨，她在桌子上摆弄一阵，临走时笑眯眯地关照海龙好好看住鱼，不要乱动。阿姨走后，在好奇心驱使下，海龙蹑手蹑脚地走了过去。原来，她是进来开电唱机的。使海龙感到奇怪的是，唱片上发出“吱吱”的怪声音，他断定是唱片坏了，于是自作主张地换了一张，结果还是这样。他急忙再换一张，这次发出的竟是“噼噼啪啪”的声响。他想关掉电唱机，却又不知道开关在哪里。忽然发觉透明窗外的海里，大鱼和小鱼东窜西逃，好像着了魔似的。海龙正在发愣，猛地，爸爸闯了进来，关掉电唱机，怒气冲冲地吼道：“你怎么搞的？”海龙这才知道自己闯了祸。原来第一张唱片记录的是100～13000赫的鱼类语言和音乐；而最后一张唱片记录的频率是1万～20万的模拟大鲸的声音，以防止有些凶狠的鱼群进入牧场来捣乱。由于海龙错放了唱片，使牧场内的大小鱼儿一片混乱。这时妈妈也进来了，知道海龙闯了祸，她重重地叹了一口气。海龙为自己做错事而感到难过，泪珠禁不住夺眶而出……

自那次事故后，海龙就发奋学习，并选择了海洋渔业作为他的终身职业。

《海洋渔业》，1980年第6期

古刹怪影

施鹤群　朱玉琪

天台山有一座千年古刹。寺外山青水绿，风景优美；寺内殿宇雄伟，古木参天。说来也怪，这个佛教圣地，最近发生了一件稀奇古怪的事情：

大伏天的一个下午，考察小组来寺内考察传说中的九龙夺珠壁，可是找遍了整个寺院，始终没有发现。傍晚时分，天气闷热，大雨即将来临，考察小组赶紧往住地走。田枫无意中发现在路旁有一块大青石板，粗看上去很像是传说中的九龙壁，仔细一看却又不像，上面没有九条龙，而青石板又好像被什么东西劈过，出现巨大的裂缝。

正当考察小组在研究这块石板时。“轰隆”一个响雷，紧接着就是倾盆大雨，大家赶紧四散躲雨。云散雨停后，大家发觉田枫不知到哪里去了，到处找寻，最后终于发现她已昏倒在小凉亭里，随身携带的录像机也摔得粉碎。

田枫的父母与她的未婚夫赵临康闻讯赶到古刹。这时，田枫已经好多了，她向大家谈了那天傍晚发生的情况。原来，田枫为了避雨逃到离青石板不远的小亭子里，她想趁机把青石板录像下来，于是，打开全息录像机，对准目标。就在这一刹那，她从录像屏幕上看到了一个披头散发的鬼影。田枫受这一惊吓便昏了过去。

听了田枫的讲述，赵临康恍然大悟，原来田枫从全息录像机上看到了鬼影的潜像。为了弄清楚这鬼影的真相，赵临康一方面查阅大量的历史资料，另一方面又设计了一架能记录潜像的新型录像机，同时又制造了一台高压高频放电器，以模拟自然界的大雷雨，使青石板带电。

一切准备妥当后，赵临康再次来到寺院。他还邀请了田枫的医生和田枫的父母等人。试验开始了，大青石板在高压高频电流的作用下，把录像机发出的激光反射回去，在录像机屏上出现蓝色的晕圈。一刹那，晕圈变成了一个披头散发的鬼影对准一个贵妇人猛扑过去。40秒钟后，鬼消失了。这时，赵临康简单地解释了其中的科学原理，并根据他查阅的历史资料，推测刚刚看到的一幕很可能是咸丰年间皇族内部斗争的场面。那个鬼影极有可能是人装扮的，以便趁醇亲王进香之机，装鬼进行恐吓谋害他，以便夺取军机大臣的大权，不料醇亲王没有遇害，他的妃子却做了替死鬼。

真相大白后，考察小姐继续考察九龙夺珠壁。经鉴定这块大青石板确实是九龙夺珠壁，只是由于在300多年前被雷电劈成两半，又几经战火和搬迁，才变成现在这个样子。

《浙江日报》，1980年10月31日

牧羊狼

施鹤群　朱玉琪

我驾驶着摩托车，行驶在嫩绿湿润的库伦草原上。今天，三叔为祝贺我考上北京大学，特邀我到他家去吃晚饭。

三叔是草原生物研究所副所长，他家就住在研究所旁边。我望着一簇簇洁白的羊群，蠕动在碧绿的草地上，感到心旷神怡。突然，耳边传来一声狼嗥，我刹住车，环顾羊群，呀！一群饿狼冲进羊群啦！我急得浑身冒汗，拼命地高喊：“狼来啦！……”

没走多远，迎面走来一位男青年，手里拿着像半导体收音机似的东西。那副安然自得的样子，使我感到诧异。

转眼到了三叔家。我说了路上的事情，不料，堂妹小芸却掩口大笑起来。三叔告诉我："别处的狼要吃羊，此地的狼不但不吃羊，而且保护羊。我们科研人员只要拿着电子控制器，就可以指挥狼来管理羊。"

小芸领我来到了牧场实验站。在那里，我见到了刚才路上遇到的那个青年。小芸介绍说，他是这里的技术员小方。我向他请教，狼为什么能牧羊？小方说："因为羊怕狼，所以可以用狼来牧羊。狼经过驯化之后，它的牧羊本领并不比人差多少。"用什么方法来训练狼不吃羊呢？小方让我参观了牧场的驯化室。那里正在训练一群新的牧羊狼，它们吃的是羊肉。羊肉被切成一块块，里面撒进一些氯化锂药粉。狼吃了以后，引起消化不良，浑身不舒服。久而久之，一闻到羊的气味，狼就讨厌，最后，即使把羊肉放在它的嘴边，它也不吃了。

"既然它们讨厌羊的气味，那么怎样训练它们去放牧呢？"我打破砂锅问到底。小方领我来到手术室，只见正中的台子上绑着一只黄狼，科研工作者正在将米粒大小的半导体遥控薄片装在它的脑神经上。小方说："有了这薄片，我们就可以用无线电波来控制它的行动。一旦它的野性发作，我们可以像唐僧念紧箍咒那样，叫它死去活来。经过一定时间的训练，它们就可以用来牧羊了。"

我们走出手术室，蓦地传来一声马嘶声，六只张牙舞爪的黄狼正在追赶一匹棕色烈马。突然，又窜出七八只黄狼，围着惊马乱扑乱咬。奇怪的是，这些饿狼正在向惊马发起进攻时，一下子倒在地上打起滚来，而另一群黄狼却依然嗥叫着，在惊马周围窜来窜去。最后，惊马在黄狼的包围下，扭转身躯，原路驰回。

见此惊心动魄的场面，我半晌说不出话来。小方对我解释道："这是牧马狼在追赶惊马时的精彩表演。前面窜上去的是牧羊狼，它们对羊肉不感兴趣，对马肉还是想尝尝味道的。可是它们的行动被无线电波控制住，失去了搏斗的能力。因此电波频率不同，牧马狼却不受影响，照样驱赶惊马。”至此，我才恍然大悟。

告别了小方，我和小芸返回三叔家。半天来的见闻，使我思绪起伏，久久不能平静。

《少年科学》，1980年8月号

飞碟之谜

施鹤群　朱玉琪

唐国强是一位访问过月球、火星的老资格宇航员。他担任太空研究室主任，从事宇宙生物学研究，最近又醉心于研究飞碟。唐国强对飞碟有独特的见解，他认为这不是宇宙人派来的一种探测器，而是一种特殊的自然现象，是一种生物引起的奇妙的光学现象。他希望有机会能深入奇境，拿到确实可靠的证据。

一天清晨，在东南方上空出现了飞碟，这正是唐国强研究飞碟难逢的好机会。他立刻告别了再过三天就要结婚的未婚妻田耘，驾起航天飞机去追踪飞碟。当他驾驶的航天飞机接近发出绿光的飞碟时，在宇宙生物研究所的巨大的电视屏幕上，只见一个光点倏地一闪，航天飞机顿时起火，直线向下跌落。正在观看电视的田耘，见此情景，立刻昏倒在地。

不久，太空医院来电话说，唐国强已被他们救起。宇航局秦副局长和田耘马上乘航天飞机来到宇宙城中心的我国第二太空医院。原来，宇宙城得到唐国强追踪飞碟的报告后，马上派出一支特别飞船队，从太空来到地球大气层，对飞碟进行探测。唐国强的航天飞机起火时，特别船队中的救护飞船迅速发出几枚巡航冷弹，扑灭大火，并且把唐国强救回太空医院。

唐国强全身皮肤已被烧成焦炭，心脏休克，处于死亡边缘。经过太空医院全力抢救，总算脱离了危险。采用快速生长激素后，唐国强的肉体恢复如初了。几小时后，他的健康完全恢复过来了。

宇宙城的科学家请唐国强介绍他的历险经过。唐国强说，他在这次探险中发现，飞碟是一群发光带电的蝴蝶。这支庞大的飞行队伍长达200多公里、宽50多公里。它们在穿越大气层电场时，会自行带电，然后放射出强烈的电光，亮得犹如小太阳一般。这次唐国强的航天飞机失事就是由于蝴蝶群的放电干扰，使飞机失去正常工作状态而造成的。唐国强向与会科学家表示：如果再发现飞碟，他还想去做一次探险，并且捉几只蝴蝶回来，证实他的见解。

过了不久，又有报告说，在太平洋地区的东经125° 、北纬30°上空1.2万米的地方发现飞碟。宇宙城最高科学中心立即召开紧急会议商量对策，决定派出三艘具有防热防电能力的宇宙飞船去追踪飞碟，同时还落实了各项营救和防护措施。

在唐国强和秦副局长乘坐的第一艘宇宙飞船前面，出现了一个飘飘忽忽、发出炫目光彩的飞碟。唐国强按了一下电钮，一颗巡航冷弹在飞碟上空爆炸，他赶忙驾驶飞船向飞碟中心飞去，装在飞船外面的机械手向蝴蝶伸了过去。正在这个时候，飞碟突然发出干扰，虽然比上一次弱，但他俩最终还是失去了控制，飞船一个劲地在云海里翻滚。坐在第二艘宇宙飞船里的田耘见此情景，立刻发射一枚抗干扰导弹，不久，唐国强他们的飞船又开始平稳地飞行。

傍晚，唐国强他们驾着宇宙飞船，携带者捕捉到的蝴蝶凯旋而归，降落在中国境内。

《失踪的人》，湖南人民出版社，1980年10月

海底魔影

施鹤群　朱玉琪

几天前，海洋生物学教授彭平在近海考察时，逮住了一条大鲨鱼，在它的内脏里发现一只玻璃瓶，瓶里有一张纸条。这是50年前一条叫“女神”号的外国货轮上的华裔轮机长史华写的。当年，“女神”号装载了一批从我国掠夺的文物和财宝，在大海中遇到风暴沉没了。在史华留下的纸条上，清楚地写明了“女神”号沉没前的海位。

中国海洋打捞局根据史华报告的海位，派海洋生物考古学家叶寿轩教授和他的学生李勇，随打捞局的海下工程队一起潜入海底，寻找“女神”号，为打捞这艘沉船做准备。

他们身着一种新型潜水衣，手拿“太阳枪”水下照明灯，潜入海底，隔了好久，才找到沉船“女神”号。登上“女神”号，在一间船舱里，他们发现舱内金瓶、银壶狼藉满地，这里已经成了海星、鱼类出没的场所。三支“太阳枪”集中射向不远的一个角落，他们又发现一只直径大约1米的巨型海星——海盘车。叶教授看了感到有些问题。他问小李：“海盘车怎么会有这么大？”小李迷惑地摇摇头。“我们去看看！”叶教授拉着小李走到那里，看见有十几只大海星在飞快地爬着，它们都有异常发达的管足末端吸盘，有的吸着一只金杯，有的吸着一只金元宝……海星怎么会吸金属之类的东西？叶教授越发感到不对头，冲过去想抓住它，一接触它的管足，马上感到这是由坚硬的金属制成的。明白了，这是机器海星。叶教授回头叫李勇，李勇不见了！

原来，李勇在叶教授观看海星的时候，突然发现有几只海星朝一块岩石爬去，岩石上有一个黑黝黝的窟窿，海星进入窟窿后就再也不出来了，这使小李感到很诧异。他走近这块岩石，发现这是一艘伪装成岩石的小型深潜器。李勇正想发出警报，一阵微弱的震动，使他昏了过去，不知道是什么东西，把他拖进了深潜器。李勇苏醒过来后，发现这里堆满了文物古玩，他挣扎着从潜水靴内取出一把能发射中子流的匕首。这时有人推门进来，李勇按动匕首柄上的按钮，一束中子流穿透了来人的心脏，他倒在地上死了。李

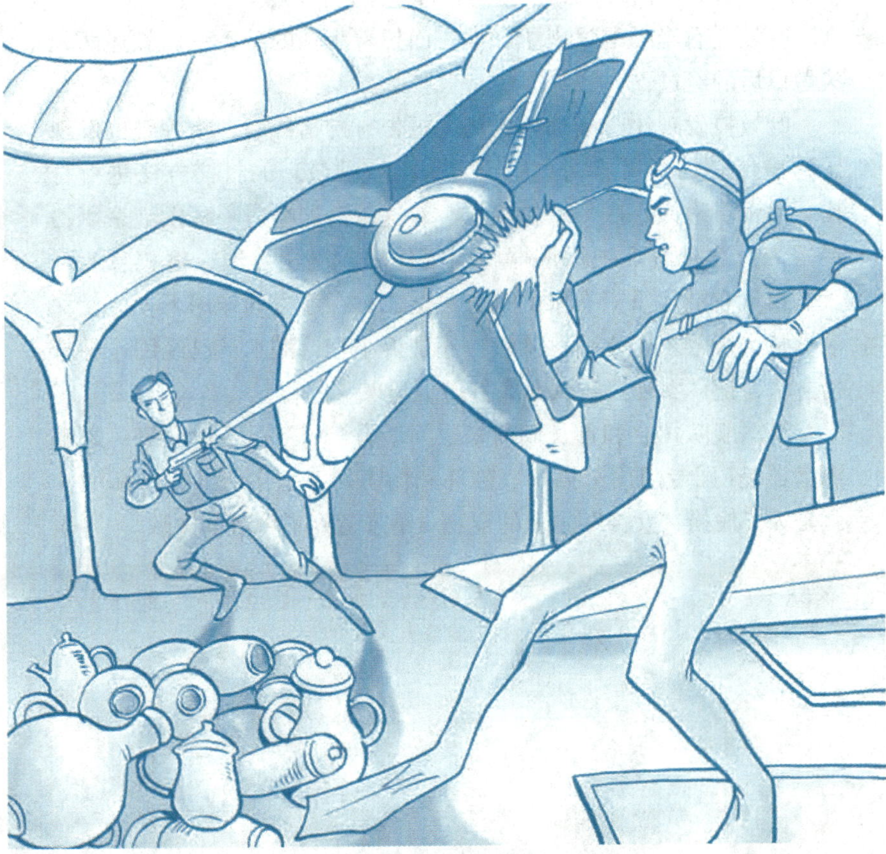

勇立即推开房门，举刀奔向门外的另一个敌人，可惜中子流没有击中他。那个人即拔出手枪，一束激光击中了李勇握着匕首的手，李勇忍痛翻身一滚，滚到了一只大海星旁边，连忙抱起海星朝敌人丢去，打落了他手中的手枪。李勇和那个歹徒赤手空拳地搏斗起来，最后，两人都倒在地上昏了过去。

那个歹徒苏醒过来，发现深潜器已浮出了水面。他正想重新使它潜入水中时，冲出来七八位海军战士，歹徒只得乖乖地做了俘虏。李勇被救起后，送到了打捞指挥舰进行抢救。

叶教授看李勇醒过来了，他一面拉着小李的手，一面叙述两人失散以后的经过：

叶教授发现小李失踪后，马上报告打捞指挥舰，指挥舰也发现了这艘伪装的深潜器，立刻决定采用一种最新的打捞方法进行打捞。潜水员潜入水底，手持喷枪，对这深潜器喷射一种发泡聚氯乙烯溶液。这种溶液把深潜器团团围住后，迅速发泡，体积急速增大。由于它的比重只有水的百分只之二，在浮力的作用下，变使深潜器从水下浮出了水面。叶教授还告诉小李，潜水员已经用这种打捞方法，把“女神”号从海底打捞了起来。

海军舰队司令和首长们前来慰问李勇。司令员告诉大家：这艘深潜器是F国专门用来搞海底破坏和偷窃的，这次潜入我国海域，就是为了偷捞“女神”号上的宝物。结果遭到了可耻的失败。

《失踪的人》，湖南人民出版社，1980年10月

雪地春光

施鹤群　朱玉琪

立春后的塞北，不像江南水乡那样万物苏醒，花红柳绿。千里冰封，万里雪飘，依然是这里最大的特色。

瘦瘦今天没有跟小伙伴们一起去滑雪。他约了同班好友胖胖，一起到他姐姐的农场去游春。出发前，胖胖的奶奶跟在他后面嘀咕说："现在哪儿有春光？"瘦瘦对胖胖的奶奶说："奶奶你不信？是我姐姐在电视电话里告诉我的。他们那儿的确已经是春天了。"奶奶听了，只好撇撇嘴，叹了一口气。于是，瘦瘦和胖胖穿上滑雪板，如同一对燕子，一前一后地在雪地上向前飞驰而去。

一路上，松树林一望无际，银装素裹，寒风一吹，掀起一阵松涛，松枝上的积雪随之劈劈啪啪地掉下来，此起彼落，煞是好看。不一会儿，他们穿过松树林，进入了一望无垠的雪原。但是，愈向前走，雪却愈来愈少，最后竟完全消失了，田野露出黑黝黝的颜色，散发出一阵阵泥土回春的清香味儿。他们急于领略早春的景色，此时滑雪板成了累赘，只得脱下来背在身上走。在泥泞不堪的田地里，他们东倒西歪地向前走着。

迎面来了一辆没有车轮的气垫车，驾驶室里坐着一位姑娘，正是瘦瘦的姐姐春燕。春燕催他们赶紧到驾驶室里，和她一起喷洒催春剂，使大地提前化冻。催春剂是一种黑色的粉末，它能将太阳的热能转化为化学能储藏起来。当催春剂被喷洒到覆盖着冰雪的大地上时，它与冰雪起化学反应，将内部储藏的化学能转变成热能释放出来，使冰雪融化，然后，它们之间连成一体，结成黑色的、能透气的薄膜。这种薄膜一方面能吸收阳光中的热能，提高土壤的温度，另一方面又能保温，不使土地中的热量散失。

“春耕时，土地深翻了，黑色薄膜不就破坏了？寒风一吹，土地不是又要冻住了吗？”瘦瘦问他的姐姐春燕。春燕笑着说：“你真会动脑筋。在春耕时，黑色催春剂被破坏以后，我们一面进行播种，一面洒上另一种白色的催春剂。不久，在地面上也会像黑色催春剂一样，连成一片白色透明的薄膜，不但能透气、采光，而且还会随着庄稼的生长，成为一间巨大的温室。”

这时候，迎面吹来一股暖洋洋的南风。原来，这是他们在农场北面大约100公里处，用人工造成了一个低压区，让四周的空气向那里流去，这里的冷空气也赶去凑热闹，南面的暖空气就乘虚而入，流到这里来填补。这就是人工招来南风的秘密。

瘦瘦和胖胖在燕姐的农场里学到了不少科学知识。春燕姐姐鼓励他们好好学习科学知识，让祖国的春天长留人间。

《失踪的人》，湖南人民出版社，1980年10月

神秘的间谍案

施鹤群　朱玉琪

E国前线司令部为了准备自卫反击，前两天发射了一颗“X-3”型军事侦察卫星，但不久它就失踪了，前线司令员急得油烧火燎。经过一番沉思，一个方案在司令员的脑子里成熟了，他对参谋长说：“请你马上准备一架最新式的军用机，我决定明天清晨5点钟，亲自去向陆军部长汇报。”

第二天早晨5点整，司令员乘着新式军用飞机飞上蓝天。谁知10分钟后，一颗敌人的导弹从后面追上来，袭击司令员的座机，顿时亮起了爆炸的闪光。司令部的人员正在为这一突然事件担心的时

候，司令员和参谋长却从外面走了进来。

原来，司令员使了一个小小的金蝉脱壳计，目的是搞清楚X-3卫星的失踪原因。他对参谋长说：“昨天我调用这架军用飞机，敌人能如此迅速地掌握我们的行动，这可能是使用了一种现代窃听机。”接着，司令员把侦破窃听机的任务交给了参谋长。

参谋长和侦察员们带着各种微型电信探测仪，对司令部和司令部周围的山村进行了仔细的检查，结果一无所得。他坐在司令部办公室里，正在为没有能完成任务而感到不安，突然眼睛一亮，决定请国防科委的著名生物学家卡恩博士来支援。

卡恩博士虽已70多岁，但身体非常硬朗。司令员在办公室热情地招待了他。卡恩博士正要向参谋长询问情况时，参谋长连忙摇摇手，对他耳语说："此地不能谈，严防窃听器。"这时候，有三五只苍蝇飞进室内，其中一只居然飞到卡恩博士的额角上。卡恩正想抓住它，苍蝇却狡猾地逃跑了。博士双眼牢牢地盯着苍蝇，司令员马上领会到这苍蝇大有文章，立刻关闭门窗，参谋长随即帮助卡恩拍死了那只苍蝇。

原来，在卡恩手腕上戴着一只与众不同的"手表"，这只手表不仅是时间表，而且还是一台袖珍式高级探波仪，它能探测出声波、次声波和超声波。苍蝇发出的信号被卡恩手腕上的探波仪探测到了，终于揭开了间谍苍蝇的秘密。

卡恩拿着那只死苍蝇在显微镜下解剖，在它的背上发现了一架比芝麻还小的发报机。

这只苍蝇虽然死了，但它背上的发报机仍在不停地工作。卡恩博士在一张纸上写了"将计就计"四个字，交给司令员。

司令员一下子就理解了博士的妙计，于是，他就当着死苍蝇发布了一道假命令。敌人收到这一信息，以为苍蝇的间谍活动得手了，结果上了大当，E国的自卫反击战获得了彻底胜利。敌国派来的苍蝇间谍也被卡恩博士的生物引诱剂，全部引来彻底消灭了。

《失踪的人》，湖南人民出版社，1980年10月

失踪的人

施鹤群　朱玉琪

中国数学学报上刊登了一篇惊动世界的论文，论文的作者用严密的逻辑、简洁的论证，证明了1742年哥德巴赫提出的猜想。论文的作者采用了一个奇怪的笔名——中智者。中外记者纷纷拥到学报编辑部，要求见见论文的作者。学报总编辑告诉大家，论文是吕恭一教授的夫人邓静送来的。据说，“中智者”的笔名是根据吕教授的吩咐署名的。除此以外，他表示无可奉告。于是，记者们纷纷驱车直向吕教授家驶去。

在摆设讲究而又雅致的客厅里，邓静告诉记者：“虽然吕教授最近一段时期一直把注意力集中在这个猜想上，但‘中智者’并不是他的笔名，这篇论文是他让信鸽送回来的。”说到这里，她用手指了指客厅外面的鸽棚。记者们急着问邓静：“那么，吕教授现在在哪儿？”邓静难过地说：“老吕现在已经不在人间啦！”记者们听了都大为震惊。

接着，邓静把大家领进吕教授的书房。书房的四周全是书橱，书桌上放着一架微型计算机和一架阅读机。邓静向记者们讲述了那可怕的一夜：

3月5日晚上，吕教授正坐在阅读机前，全神贯注地阅读数学文献。我拿着一本杂志对他说：“你看，杂志上说有一只巨大的火球飞入大气层，目前正在我们这一带活动。”他扫了我一眼，哈哈大笑：“不要神经过敏。什么宇宙人，这些都是科学幻想小说家的异想天开。”我们正在争论的时候，屋外传来一声轻微的爆炸声，气温随之骤然下降。我因怕冷，就回到卧室，以后就什么也不知道了。等我从睡梦中醒来时，发现自己已躺在医院的病床上。医生告诉我，我们的住宅区遭到了一颗冷弹的袭击，我已“冬眠”了整整三天。严重的是，吕教授和一对信鸽失踪了。

一星期后，我从医院回到家中，一对信鸽脚上戴着一封信和一只超微型录音机飞了进来。信是吕教授写的。第一部分是论文的原稿，第二部分是家信。信中说，他遇到了宇宙人。宇宙人的眼睛很小，而且只有一只，鼻子和嘴巴更小，躯体极短，手臂和脚又细又长。手有四只，脚有两条，像一只只颠倒过来的长脚蜘蛛。有一个白蜘蛛人像乌鸦似地对他叫了几声后，伸出两只手把他拉进一间全是仪器和设备的房间。白蜘蛛人让他坐在一只椅子上，给他头上戴上一顶像飞行员似的帽子，又向他婉转地唱了一番歌，顷刻间他感到有一种微弱的振动波冲击着他的头脑，估计这是白蜘蛛人正在设法与他沟通语言。于是，他就主动地配合，使白蜘蛛人很快就得到了所需要的脑电波。接着，他们就开始了语言、思维上的交流活动……写到这里，吕教授身边带的纸用完了，信也就到这里中断了。

记者感到十分遗憾。

邓静又拿出一只比火柴盒还小的录音机，她用针尖戳了一下，录音机响起了吕教授的声音：

宇宙人是F星球上的居民。他们正在研究飞出太阳系，与遥远的太空中其他文明社会的智慧生物交往。开始时我有点将信将疑，为了试试他们的智力，我把那份没有完成的哥德巴赫猜想文稿对他们作了介绍。谁知没等我讲完，宇宙人就用笔在纸上迅速地书写起来，顷刻作出了解答。他告诉我，在他们那里，这已经是古老的数学题，一般中学生都能做的游戏。我告诉他，在地球上这还是一个未知数呢！我要求他准许在地球上发表。他听了非常高兴。

这时候，一大群蜘蛛人捧着我的外衣、长裤、皮鞋、手表走了进来。他们对我说；“我们已经完成了对地球生物的考察，现在即将返航，我们已经预备了航天飞艇，打算送你回家。”又拉着我的手说：“倘若你有兴趣的话，我们可以把你带到我们的家乡去作客，一年以后，再把你送回地球。”我虽然答应了，但担忧来不及把这个消息告诉家里。他们说这事好办，你不是有两只信鸽吗？你给你夫人写封信，让信鸽带回去就行了。后来，他们把信鸽送至离地球1000米的高空，把我的信和录音机交信鸽带走了。至于那篇论文署名“中智者”，这是为了纪念那位谦虚地自称为中等智慧生物的宇宙人。再见吧！亲爱的妻子，等着我回来。

吕教授的录音到此也就结束了。

中外记者听了万分欣喜，大家预祝他早日胜利归来。

《失踪的人》，湖南人民出版社，1980年10月

窥魂灵

石上流

单单的父亲是研究电子医疗器械的专家。她逼着父亲帮她改制一台能监视大脑活动的脑电图分析仪。改制后，这台仪器就可用来给那些患中风或是丧失说话能力的人进行通信了。然而，情人的脑电波和病人的脑电波同样能够输入带着脑电波词汇表的计算机，在了解了高级神经活动的密码后，就可以明明白白地展示在人们面前。

单单为了考验和她相爱了三年的乔梓是否对她忠诚，特地把一件浅咖啡色的外套送给了他。在这件外套的衣领后面有一块薄薄的硬层，这就是脑电图分析仪。它可以将人的思维活动变成清晰的文字在显示屏上显露出来。

单单在显示屏上观察着乔梓的活动："哈哈……这儿没有人，幽静，我们坐近点……我真幸福，快乐的时刻呀，只希望时间马上停住，宇宙间一切消失，只有我和你……这是献给你的花，慢些，要用两只手接，你闻一闻……在我看来，你本来就是一朵美丽芬芳的鲜花……"

"这个骗子！"单单几乎大喊起来。"叭"的一下关掉了电源，她实在不愿再看，那闪烁荧光的文字像一支支利箭刺痛了她的心。

"笃——笃——笃！……"

"谁？进来！"

走进来的竟是乔梓！单单一气之下，指着乔梓："你这个骗子手，大坏蛋。你骗了我的心，骗了我爸爸，你骗了我们全家……下流胚！我叫你滚！"

乔梓无法应付这突然的情况，想再找个人来。可是单单已从沙发上跳起来："我问你，你刚才上哪去了，你敢回答吗？"

"这有什么，我在家里看了两小时杂志，9点50分就往这里来了。昨天我们不是约定……"

"你的记性倒不坏呀！可你忘了身上穿的那件衣服是干什么的。"

"那件衣服我让给弟弟穿了。"

"什么？！"单单两眼一下子瞪得老大。

"他说那件衣服漂亮，要去会女朋友。"

"真的？"她马上注意到乔梓穿的确实不是那件浅咖啡色外套。单单赶紧低头仔细地看看显示屏……啊？！他们还在公园……乔梓是无辜的！"天哪！我怎么办……"

《沃野》，1980年2月号

未婚妻家的晚宴

史晓波

按照预先约定的时间，我第一次来到沈华——我的未婚妻的家。按了门铃后，一阵轻快的脚步声从里面传来，接着，门无声地开了，一个男青年站在我面前。他高高的个儿，粉白色的面皮，鼻子、眼睛、眉毛、嘴都好像是雕塑家特意修饰过似的，非常俊美。"沈华正在与她爸爸做实验，请你跟我来。"我跟着这位青年来到楼下一间耳室里，他指着一把椅子对我说："请坐。沈教授和小华都叫我'生产'，我就在这儿工作。"接着，他端出一盘五颜六色的糖果请我吃，我叫他一起吃，他摆摆手："对不起，我不吃东西。"

“不吃东西！”他的话使我莫名其妙，“那你靠什么活着？”

“我靠阳光。太阳照我一下，我便能活几年。”我当他开玩笑，哈哈大笑起来：“你住在哪个房间？”“我就住在这儿。”“连床也没有，你睡在哪儿？”“我从来不睡觉。”听了这些话，我心里有几分恼怒：“他是不是在耍弄我？”突然，我发现他的手比平常人的手大得多，而且好像比较硬。“你的手？”“噢，聚氟乙烯做的。”我正要往下问，他却站起来：“小华叫我们了！”“我怎么没听见？”“有信号，快走吧！”他说罢，便带我走进了实验室。实验已经结束，一位老人正在水池旁洗手，沈华笑着向我介绍，这就是她的爸爸。原来，“生产”是沈华爸爸设计的一个机器人。

虽然我是研究催化理论的，但对于国际上研究机器人的状况，我是清楚的。最完善的机器人也超不出四五岁儿童的智力，像这样智力健全、外形完美的机器人，还没人敢想过。我径直走到教授面前，迫不及待地问这机器人是怎样设计的。

教授叫我坐下，说：“我是研究生物学的。机器人，就是仿生学的产物。我就是模拟感觉器官和神经网络的构造后，设计、制造的这种仿生的机器人。”

吃饭时，我发现大盘子里放着有十几块水果糖那么大小的乳白色点心，后来，“生产”又端来一盘炒菜，颜色是鲜红的，像是炒肉片。

我心里不由嘀咕起来：“这点东西够谁吃呢？”我夹了一块小点心，放到嘴里，一股清香直冲肺腑。我又把一片鲜肉塞进嘴里，顿时感到一股异香。一下子，我就觉得肚子已经饱了。

沈华说：“这一块食品有一克重，它所含的养分，相当于250克面粉含的养分。这一片肉约半克重，相当于200克，也就是4两猪肉所含的养分。”

我的思想又被新的奥秘所填满了。沈教授解释说：“这肉是我们在实验室合成的。而这小食品都是土地上长出来的，这些作物从下种到收获，仅用25天时间。”

“这么短！”“你知道，植物生长主要靠酶的催化作用。我研究成功了一种特殊的酶，它加快了植物的生长。噢，你那几篇关于催化作用的论文，曾对我改进这种酶的效用有过启发呢！”

“所以，我爸爸未跟你见面就喜欢你了。”沈华瞟了我一眼，故意娇声说。“小华，你真让我下不了台！”我脸红了。

突然传来了一阵响亮的铃声，原来宇宙航天飞机明天要起飞，现在是来领取食物。我不禁想起了沈华说起过的什么生命素，于是就向沈教授请教起来。

“那是我研究的新课题。这种食品，由于养料高度集中，对生物体的新陈代谢有强化作用。在同样的条件下，食用这种食品的兔子比食用普通食品的生命延长一倍。根据这一发现，我从这种食品中提炼出一种特殊的物质——生命素。人类吃了就可以长生不老了。”“功垂千古的事业！”我激动地喊起来。

深夜，沈华挽着我的臂膀，穿过闹市向街心花园走去，我的心情像大海一样翻卷。不过，万千感触可以用这样的一句话来概括：知识就是力量!

《草原》，1980年9月号

中国第一号宇宙城

史新金

李芳的爱人王平是一位太阳能电池专家。五年前，国家派他去宇宙城建造宇宙太阳能发电站。李芳与王平已有五年没有见面了，心里时刻相念着。这次宇宙城对外开放，领导上决定派李芳等几个演员去宇宙城慰问演出。

出发的日期到了。李芳乘了超音速直升客机，来到宇宙飞船发射站。宇宙飞船足足有四五十层楼高，服务员带领他们乘电梯上了一座比飞船还要高的楼房，通过天桥走进飞船的船舱。起飞的铃响了，船舱内的“发射倒数仪”从9数到了0，发射台上顿时迸发出橙色火焰，宇宙飞船开始腾空升起，窗外呈现白茫茫一片。这是飞船和空气剧烈摩擦时飞船外壳涂着的一层塑胶熔融产生的灼热白光。由于这层塑胶熔融，带走了大量热量，这样，飞船船舱不致太热。一刻钟后，飞船已脱离了地球引力范围，进入与宇宙城对接的轨道。这正是途中观赏宇宙城的好机会，飞船上的人们都挤在窗口往外看。银河横跨天穹，宛如一条晶莹的玉带，千千万万颗耀眼的星星，密密麻麻地洒满了太空，恰似镶在黑丝绒上的颗颗宝珠，光彩夺目。不久，左前方出现了一颗明星，上面似乎还有红光在闪动。那就是人们所盼望的宇宙城。

宇宙城是一个椭球形状的金属结构，直径大约10千米，估计有15层楼房那么高。城外矗立着巨型雷达天线阵，它们是宇宙城的眼睛。两根高大的柱子，擎着“中国一号宇宙城”字样的霓虹灯。它是用太空提炼出来的金属制作的，把这种金属弯成字样，通上电就能发光，在这里不用再罩上玻璃管和抽真空。

飞船很快地与宇宙城对接好了。李芳看了看手表，才半个小时，就到达了宇宙城，真是“远在天边，近在咫尺”啊！

李芳用目光在欢迎的人群中寻找王平，可是，她失望了，人群中没有王平的影子。这时，来了一位女同志，告诉她王平已去月球修理一个机器人，要晚一点回来。

李芳在这位女同志的陪同下参观了宇宙城。她们来到一个住宅区，一幢幢排列整齐的别墅，简直使人不相信这是在宇宙城里。在别墅里不仅样样设备俱全，而且鲜花盛开；在住宅区里还有专门种植蔬菜的楼房，里面种满了黄瓜、西红柿、大蒜、白菜……还长得异常茂盛呢！忽然，从哪里传来一阵猪叫声，女同志介绍说："这里不光有猪，还有鸡，将来还计划养殖热带鱼呢！"

他们又来到一间理发厅，只见一个长头发姑娘按了一下电钮，从屋里走出一个女机器人，给这个姑娘烫发，只用了五分钟就烫好了。

李芳在女同志的陪同下，来到了制造宇宙发电站的工厂。这个工厂有四个车间。第一车间在月球上，在那里由机器人挖掘月球矿石；第二车间是冶炼车间，专门加工各种金属；第三车间是生产太阳电池的；第四车间进行总体安装。在安装车间里，一群机器人正在安装宇宙发电站。宇宙发电站上的太阳电池把太阳光能变成电能，然后又变成波长为10厘米的微波能，通过碟状天线发送回地球。在宇宙城中，人们已经制造了六个宇宙发电站，解决了我国的能源问题。

参观回来，她正在想着刚才的见闻，不由得羡慕起王平来了。这时，忽听有人喊王平，她急忙赶去，迎接她五年未见面的爱人。

《太原文艺》，1980年5月号

22号海区之谜

宋培贤

侦察员肖建奉命到海洋研究所来了解“探-1”号在22号海区失事的情况。

海洋研究所的会议室里，专家们正围绕着“探-1”事件展开一场激烈的讨论。

海洋研究所所长招呼肖建坐到身旁，顺手递过一份“探-1”失事报告。这份报告是海洋研究所工程师赵昊被抢救过来后写的。

昨天黄昏，我们执行任务返回时，路经22号海区，突然，一声撕破长空、盖过风浪的呼啸，紧接着，海面上出现了一种泛着绿光的水汽，海面顿时像一片碎了的绿色玻璃。空间的啸声越来越可怕，船上所有的人都跑到了甲板上。这时船体猛烈地倾斜了一下，把我们摔倒在甲板上。我听见丁教授用力吼着：“快！到驾驶室……”驾驶员老王也从来没有遇到过这种情况。我见驾驶控制台各种仪表在打转，船已经失去了控制，通讯联络中断。丁教授连忙大声对资料员柯金涛说：“快把防水密封纸的资料随身保护好！”船在黑暗的大海中颤抖得更厉害了。脸色苍白的随船医生陈兴刚，跌跌撞撞地拽着柯金涛就向船舱跑去。接着我听到丁教授大声叫着：“啊哟！我的眼睛怎么看不见了！”我急忙奔过去抱住他。他大口大口地喘着气，脸上的肌肉急剧地抽搐着。我忽然感到浑身瘫软，随时都有倒下的可能。这时，陈医生抱着两件救生衣跑了过来，一边帮丁教授穿，一边对我吼道：“老柯昏过去了，你快去给他穿救生衣，我负责教授……”我转身向船舱爬去。当我接近船舱时，海浪霍地向船上扑来，发光的绿色泡沫吞没了半个船头……等到海浪退去，船重新露出来时，丁教授不见了，陈医生躺在甲板上昏了过去。我只觉得眼前闪过一片绿色的星点，就什么都不知道了……

肖建看完了这份失事报告后，思考着这样一个问题：

失踪了的丁教授并不是一般的海洋学家，而是“EC计划”的负责人和海底铀矿层的发现者。他的失踪是偶然的吗？会不会有别的背景？

就在“探-1”号失事不久的一天夜晚，又发生了一件怪事：一架高速飞机在海滨医院附近用降落伞投下一具国籍不明的死尸。这具死尸被连夜送到海滨医院，由田毅医生负责解剖。一件更怪的事情又发生了。凌晨3时，负责保卫工作的肖建突然听见解剖室里传来一声叫声。他急忙冲进解剖室，只见田毅医生口吐白沫，躺在地板上……

事后检查死尸，发现前门牙少了一颗，而且是用夹钳之类工具拔除的。

一连几起蹊跷的事：22号海区那神秘的绿光、“探-1”号的突然失事、丁涛教授的失踪、柯金涛的死亡、奇怪的空中飞尸、被盗走的尸体牙齿……这一切，会不会有什么潜在的联系？

侦破组的全体同志来到局长办公室。赵局长声调平静地说：“医院解剖室的案件发生后，技术科的同志们及时赶到现场，第一次使用体温摄影机拍摄了案件发生的全过程。现将解剖室拍摄下来的胶片，放给大家看。”

银幕上出现田毅医生正在解剖死尸。突然，门扭转动了，田毅疑惑地望着屋门……

屋门被推开，出现一个两米高的怪物。一股烟雾从怪物身上发出，田毅踉跄了几步，软绵绵地躺倒在地上。怪物飞快地用钳子从死尸嘴里拔出一颗牙齿，然后把窗户打开，准备逃跑。就在这时，技术科的同志马上采用红外透射机，揭下了怪物的伪装，他就是陈兴刚！大家吃惊地叫了起来。

局长用平静而又缓慢的声调说：“‘探-1’号失事与空中飞尸是有内在联系的。‘探-1’号失事那天，陈兴刚是随船医生。事件发生后，发现柯金涛死在船舱内，经医生鉴定认为是被一种特殊武器谋害致死的。这种武器是一种化学烟雾剂，可导致人死亡。凶手本身在行凶时服了一种防害药，烟雾弹放出的毒气对他无害。从迹象上分析，陈兴刚是杀害柯金涛的凶手，他还用同样手段杀害了田毅医生。之后陈兴刚又被他人所杀，此人是谁，我们不妨将计就计，来他个‘引蛇出洞’。”局长拍拍肖建的肩膀说：“年轻人，我看还得你去捉蛇哩！”

审讯室里坐着一名罪犯。他就是海滨医院的主治医生舒水山。

“我……”舒水山脸上的肌肉索索地打战，额头上冒着汗珠，“我是受C国收买，C国为了获取‘EC计划’和劫持丁教授，派出了一艘新式核潜艇，潜入深海。在核潜艇上装有磁力发生器和次声波发生装置。22号海区出现的绿雾，就是‘磁力效应’。它能产生‘隐身作用’，当交变磁场达到一定强度时，人就看不见两米远的物体。至于使大海恶浪翻滚，那是次声波的作用。我当时乘人们混乱中打死柯金涛，窃得资料，然后帮C国劫走丁教授。后来，C国把密码放进死尸的门牙里，采取‘空中抛尸’法将死尸抛进海滨市区。因为他们知道，我是医院的主治医生，认为极有可能由我接触死尸，从而获得密码。哪想到死尸送到海滨医院后，领导却派田毅去解剖尸体。田毅是一个十分细心的老医生，我怕暴露，便让陈兴刚化妆后打死田毅，窃走死尸牙齿。‘为了灭口’我又杀死了陈兴刚。目前，C国的核潜艇还待在公海，伺机以动。我还受命窃取‘EC计划’的新方案，也是为了配合C国的第二步行动。”

“好吧！”局长站起来说：“舒水山，现在给你个立功赎罪的机会，给核潜艇发电，电文：‘EC计划’新方案已获，研究组将在5月2日晨到达34号海区测试，携带吸附剂部分标本。”

5月2日，一切都准备好了，赵局长带着侦破组的全体同志来到总控制室，在一排排荧光屏前，海洋世界历历在目。二号操作手急促地报告：“发现目标！”只见荧光屏上有一个庞大的怪物在水底缓慢地向前移动。接着，荧光屏开始出现了许多强烈的干扰亮带，敌人发现了我们，敌潜艇正在干扰丝掩护下，将丁教授推进发射舱，从潜艇发射火箭飞艇向高空逃窜。敌飞艇闪电般地向空中一个黑点靠近。这是敌人伪装成太空实验站的圆状三角翼接应机。当飞艇靠近接应机的一瞬间，我们派出的一架大型航天飞机，出其不意地伸出无数机械手，一下子把敌机紧紧抓住了。

不久，接收机里传来了丁涛教授激动的声音：“同志们！我回来了……我要向全世界控告这个罪恶行径。”

《晋阳文艺》，1980年第10期

利加港的风波

宋是鲁　田　牛

地中海利加港的盛夏，酷热闷人。我突然接到使馆警卫科陈科长的电话，要我马上和他出去一趟，使馆厨师赵明出事了。

在当地的警方陪同下，我们赶到巴沙餐厅，只见平时和蔼可亲的赵明正在发酒疯，这使我非常奇怪。使馆秘书处处长李勃告诉我，他不是醉酒，当地医生检查疑为科尔萨科夫氏精神病，但又有点不像。这时，又接到高大使命令，要我们速回使馆。回到使馆后，李勃讲了事情的发生过程：上午李勃陪赵明到巴沙餐厅做菜，招待参加当地战略防御系统工程BV-3会议的华裔科学家，席间男招待戈比借故敬酒，让赵明喝后就疯了，还有些与会的科学家喝酒后也疯了。

这时高大使说，我国政府已指示在开罗参加国际医疗卫生会议的我国专家赶来会诊，要我和李处长去接。来的原来是我二叔和几位医生，我又糊涂：二叔是个光电学专家，怎么改行了？二叔他们拿出仪器，一束蓝光透过赵明的头颅照到玻璃片上，投影器上就映出图像。随着仪器的顺序启动，大脑各组织一一呈现出来，额叶、颞叶、顶叶及枕叶的电活动情况也一一记录下来。突然，二叔示意对一些区域做微波感应，终于查明是大脑皮质被异体信号抑制了，皮质下失去主导，造成神经系统紊乱。我焦急地问能否完全治好。二叔说：三年前我大胆提出用光电微波直接抑制病变器官，导通障碍性病变原功能的设想，并据此造出了这台仪器。赵明的受害可能也是这种原因造成的。接着他把观察器向下移动，在口腔部停住，只见屏幕中有三五个银亮的斑点，紧贴在赵明咽部神经末梢上。二叔说：这是电微波发生器，只有米粒的千分之一大，它能抑制大脑皮质的电波，进入人体内就造成赵明这种病状。连续发射60小时微波就能破坏大脑传导系统，使大脑缺氧而死亡。说着，他开动器械，把赵明体内的这些微粒剥离。赵明得救了。

陈科长进来报告：还有几位患者病情恶化，要求支援。戈比是某国奸细，在机场拒捕被击毙。女招待要求见我人员，有要事相告。高大使命令备车送医疗专家去抢救与会科学家，并要我和李勃去接见女招待，她将戈比与某国间谍组织的关系和他下毒的经过告诉了我们。

《知识与生活》，1980年第1期

打开巴斯克门

宋宜昌

一艘正在航行着的中国太空飞船，突然接到紧急呼救信号：一支以大岛为首的日本探险队已被诱困异星。太空船长周云决定追踪救助，向一个叫“迪尼”的遥远的行星飞去……

不料，在迪尼星上空，飞船受到猛烈袭击，被迫降落在迪尼星的一个环形山中。飞船刚着陆就焚毁了。

船长周云和其他几个航天者侥幸地从残破的船舱中爬了出来，一步一陷地向前走去，遇到了日本探险队的大岛美津子。美津子看到他们非常狼狈，便用车子接到岩洞里的指挥中心，并向周云诉述了他们的悲惨遭遇。

全息录像在屏幕上映出了当时的实况。美津子的太空船在迪尼星降落后，遭到迪尼人的袭击，经过激战，船上的其他人都惨遭杀害。看到这里，突然从隧道深处传来一阵凄惨的哀号，令人毛骨悚然。周云随声而入，只见一个两眼充满敌意的迪尼战俘正在受刑拷问。这个战俘个子很矮，肌骨强健，脑后长有一只眼睛。美津子向他介绍：“这是唯一的迪尼战俘。他们的智商很高，但缺乏善意。”

周云建议释放战俘，和他们进行谈判。

第二天，周云等人押着战俘坐上太空输送车向敌方驶去。车队穿过冰冻、荒凉的土地，来到迪尼人居住的地下。周云打开车门，放出俘虏。只见他奔向蘑菇状的天窗，接着周云向“蘑菇”发射电磁波与迪尼人联系，内容大意是：我们是太阳系的地球人，希望和外星球人建立联系，这次前来进行友好访问，并无敌意……

迪尼人回答了："你们害怕了吗？胆小鬼！强者对弱者谈不上友谊……"

一刹那，车上的通讯系统全部中断。看来对方显然无意谈判，接着"蘑菇"消失了。周云等被迪尼坦克重重包围，被迫还击，使用了激光炮及其他武器，都毫无作用。智穷能尽的周云终于被俘，押上法庭受审，被判处死刑，缓期三天执行。三天内，周云受尽了各种折磨，还被注射了一种恐怖激素，关进了监狱。

当周云极度痛苦的时候，被释放的战俘罗西前来搭救。他用手按在周云手臂的穴位上，使周云解除了痛苦。这时周云的脑子里突然出现：迪尼是一个有高度文明的星球。大约在700年前，有一个首领叫巴斯克。那时候，这里是和平安乐的世界。巴斯克死后，有人提出要使每个迪尼人都变得冷酷无情，于是把迪尼人具有的和平、善良、理智、博爱的那部分生物脑和大脑分开，单独冷冻在一个戒备森严的禁地，叫作巴斯克门。从此，迪尼人经过单方面的发展，便变成现在这个样子。

周云至此才明白了真相。罗西帮助周云逃出监狱，来到了巴斯克门。它像一座耸入云霄的截头金字塔，矗立在粉红色的沙漠中。它没有门和甬道，四周布满了巡逻兵，难以靠近。这时，罗西开来了一辆巨型炮车，对准巴斯克门的中心，射出一股高速的能量流，使多字塔熔开一条甬道。罗西和周云穿上耐高温服，手持高能枪，向隧道深处奔去。眼见一间金碧辉煌的大厅，穹顶上用精美的壁画记载着迪尼星的历史。

那个巨大的生物脑封冻在一个透明的圆柱体中，静静地安眠了700年，但现在他们无法拿到手，疯狂的武士们已冲入隧道，罗西被打死在洞口，周云的生命也只有最后10分钟了。怎么办？他猛然抬头看见巨大的壁画上，一个仁慈聪慧的巴斯克，双手托着一个玛瑙色的十二面体。周云闪电般地扑了上去，用力按下，他的生命停止了，可是巨脑激活了。巨脑的生物电波代表着和平、善良和智慧，立刻主宰了迪尼人的思想和行动，邪恶的电波再也无法为患了。

……在巴斯克门前，迪尼人以他们最庄重的仪式，为周云举行了葬礼。

《甘肃日报》，1980年3月12日、3月25日、4月9日

GH服装店

孙玉才

一个春天的早晨，志勇和晓玉来到GH服装店参观。一进营业室，就看见正面雪白的墙壁上，安有几扇浅黄色的门，左边是五台安装在读写设备上的彩色电视机，上有“式样选择”几个字；紧挨着的是一台大型照相机似的机器，上面标着“式样识别”几个字。

晓玉来到电视机前，看了说明后，随手按了标有“女上衣”的电钮，屏幕上立刻出现各式各样的时令女装。晓玉选中了一件编号为117的粉红色服装，读写设备随即送出一张卡片。她拿了卡片，走进一间试衣室，将卡片投入墙上的一个小孔，三分钟后，一个机器人就把叠得平平整整的衣服送到了她面前。一穿，十分合身。

志勇和晓玉正感到有些迷惑不解，陪同参观的勤云已经看出他俩的意思，就带他们到监视室去看看车间内的情况。勤云打开电视机，荧光屏上出现一个塑料人体模型，几只各种形状的机械手，分别用刷子同时将几种颜色的浆料涂到模型上，几秒钟后，送入脱模机，新制成的衣服就从人体模型上脱落了下来。一会儿，机器人就把制成的衣服送到他们的面前。

勤云介绍说：“这是高分子材料一步合成服装，即GH服装……”

《沈阳科技报》，1980年1月1日

星空在召唤

谈英武

一架双引擎轻型运输机“小蜂”号，在返航途中失踪了。经过多次搜索，没有发现飞机的一块残片，从基地收到飞机驾驶员韩明的最后一句话是：“强光，金黄色的。蛙，大青蛙！”有的专家认为“小蜂”号可能遇到了天外来客。因此，国家宇航局决定，让正在去宇宙城途中的“黄河”号航天飞机改变航向，在外层空间进行搜索。

“黄河”号上一共有四个乘客；宇航员郭柱、航天工程师韩雄、航天夏令营的辅导员吴霞、机器人方铁蛋。“黄河”号在接到改变飞行任务的指令后，马上改变航向，在宇宙空间进行搜索。方铁蛋发现在500公里外有一个纺锤形的航天器，“黄河”号立刻向它飞去，并靠上了它。但上面没有一个人，是一艘废弃的航天器。韩雄他们让方铁蛋留在上面，其他人仍回到“黄河”号上，继续飞向宇宙城。

方铁蛋随着这个废弃的航天器，在宇宙空中漂泊了一年。有一天，方铁蛋的“千里眼”，发现有几只头像青蛙一样的怪物，直奔航天器的入口处。方铁蛋一方面把情况告诉指挥部，一方面马上扣动激光枪的扳机，一道蓝绿色的激光在蛙怪头上闪过，但方铁蛋却被一个极强的白色光圈罩住了。这白光比中午的太阳光还强，方铁蛋感到浑身发热，头上有几滴熔化的金属，顺着耳根滴了下来。方铁蛋正在束手无策的时候，忽然计上心来。他想那些蛙怪大约是离不开水的，他就跑到储水舱去，控制了水源。结果，蛙怪们只好高举双手，表示要与它谈判。方铁蛋考虑：“等我援兵来了，再谈判。”没表示同意。蛙怪们只好退出了大厅。

由航天夏令营发射的“中国少年号”航天飞机正在飞往宇宙城的途中，指挥部忽然要他们急援方铁蛋，因为他那里发现了外层空间生物，方铁蛋的处境十分危急。“中国少年”号迅速飞去，并派航天工程师韩雄和机器人方二蛋乘坐救生艇先登上纺锤形航天器。方二蛋是第二代智能机器人，它能懂得蛙怪的语言，经过交谈，原来是一场大误会。这些蛙怪来自B星座的“艾普西隆”星，距离我们有11光年。他们自称是古瓦瓦人。不久以前，恒星际学会决定在他们的星球上召开一次学术会议，并且派出一艘飞船到太阳系来邀请智慧生物去参加会议。但是，在地球大气中有一种细菌，对于古瓦瓦人是致命的，因此，他们不能在地球上着陆。后来他们发现有架飞机在空中盘旋，便派人把飞机和飞行员一起接到飞船上来，并邀请那位飞行员代表地球去参加他们的会议。“小蜂”号飞机失踪的谜终于揭开了。

“中国少年”号的乘务组经过商量，决定邀请古瓦瓦人一起去访问宇宙城——万户市。在万户市，他们参观了工厂、农场、学校、商店和天文台。最后，古瓦瓦人告别了万户市，返回到他们自己的星球去了。

《星空在召唤》，河南人民出版社，1980年4月

死神的吻

谭 楷

这是丁香花的浓烈香气弥漫的夜晚。

流行病学教授亚历山大，正在旅馆一间豪华的卧室里，目不转睛地注视着电视机屏幕。荧光屏上，他等待了18年的未婚妻、天才的舞蹈家奥涅什科娃，正在表演《天鹅湖》。她那美妙绝伦的舞姿，赢得了暴风雨般的掌声，亚历山大也禁不住热泪盈眶。明天，他们将一齐飞向温暖的南方海滨，在那里欢度姗姗来迟的蜜月。

演出结束了，荧光屏上展现出一个感人的场面：观众献上三只大花篮，里面是盛开的百合花、玫瑰花、杜鹃花和郁金香。舞蹈家被娇艳欲滴的鲜花迷住了，她摘下一束束鲜花，亲吻着带露的花瓣，然后举起扔向观众。高兴得发狂的观众潮水般地朝前涌，捡到花束的幸运观众一个个狂吻着手中的花朵，向她致意。

剧场派人把观众献给舞蹈家的花篮送到了旅馆。秀丽的旅馆招待员玛丽亚娜向亚历山大要了两束花，给女儿小玛莎——一个八九岁的美丽小姑娘。午夜后的城市已进入梦乡，可是奥涅什科娃还没回来。一种不祥之兆像闪电般地掠过亚历山大的心头。

玛丽亚娜母女俩在回家的途中，被施威尔洛夫斯克化工厂厂长安东发现了。正是他，10年前遗弃了她。后来，她和工人画家米海依结了婚。自从偶然撞见她之后，安东悔恨万分，他悄悄地来到了她的家。正在这时，小玛莎突然生病了，她发高烧，透不过气来。安东乘机提出，用自己的小轿车送米海依和小玛莎去院。待安东驱车返回时，玛丽亚娜已病倒在地上，张开大嘴喘息着。在生命的最后一息，她告诉安东，玛莎就是他的女儿。

这座120万人口的工业城市几乎要被死神接管了。短短几小时光景，已有1000多人暴死，5000多名患者濒临死亡。为此，有关部门动用了特种部队，由安东的父亲赫尔钦科将军率领，连夜飞抵施威尔洛夫斯克。

亚历山大教授前来求见将军。舞蹈家的死使他万分悲痛。亚历山大用一双发红的眼睛盯着将军，说："她死得不明不白！高烧，恶寒，呼吸困难，窒息而死，死后尸体发黑，恶臭——这是肺炭疽！不，比肺炭疽更凶恶。"将军的心一阵狂跳——教授猜中了谜底。

为了封锁消息，将军派专人监视亚历山大。结果却让亚历山大乘着越野车跑了。教授正想从悬崖上跳下去时，因玛丽亚娜和女儿的死而感到非常绝望的安东闻讯赶来了。十几年前，他们是老同学。

安东告诉亚历山大，这场大瘟疫是他们研究出来的霸王炭疽造成的，它是来自太空的致病微生物和炭疽杆菌菌株结合的产物。他们给10只小白鼠注射了霸王炭疽，有一只小白鼠耐不住折磨钻出笼来找水喝，一下子进了下水道，把一条小河污染了。舞蹈家的芭蕾舞吸引了化工厂的人们，他们送给她三只大花篮，为了使花朵更加娇艳欲滴，有人舀了小河的水洒在花上——这全是霸王炭疽的浓菌液！花篮搬进剧场，在热烘烘的空气里，霸王炭疽杆菌四处飞扬，被观众吸入肺中。她吻了湿漉漉的花瓣，又把花扔给观众，霸王炭疽通过接触——吻攻入体内。吻，成了死神施展魔法的动作——一场大瘟疫就从她手中传开了。凡是拾到鲜花的观众以及前排就座的观众全死光了。亚历山大告诉安东，是他把两束鲜花送给了玛莎。

两个男人像孩子似的紧紧抱在一起号啕大哭：究竟是安东杀害了亚历山大的未婚妻，还是亚历山大杀害了安东唯一的亲人？谁也无法分辨谁是凶手。最后，安东劝亚历山大赶快逃走，因为他们要杀人灭口。

赫尔钦科将军亲自出马了，他用四架直升机交叉巡航，追捕识破天机的教授。在追捕过程中，将军开枪打伤了为亚历山大打掩护的安东。等到发觉时，他的儿子安东已奄奄一息了。将军眼睛发黑，栽倒在草丛中，再也没有爬起来。

《科学文艺》，1980年第3期

延迟了的婚礼

陶 麟 申 直

5月的一天，是高大山和林海兰举行婚礼的日子。参加婚礼的亲朋们早就来了，可是新郎高大山却迟迟未到，林海兰不由得焦灼不安起来。

原来，高大山和林海兰商量好：先去木星南端的第二高峰——腾格尔高峰考察，回来再结婚。那天中午时分，高大山和同伴们完成考察任务，返回腾格尔山峰宇宙飞船站，他立即给林海兰拍去电报："婚礼照常。"拍完电报，高大山便向山下走去。突然，山崩地裂般一声轰响，接着一道耀眼的奇光闪过，高大山的身子不由自主地向下坠落，以后他便什么也不知道了。

婚礼没举行成，人也失踪了，林海兰的心头笼罩着一种不可言状的痛苦。林海兰是一位有志于医学科研的人，她以顽强的毅力，用科研的成果战胜了痛苦，回答了人们探索的课题：人的生命能否永葆青春。

为了继续探索腾格尔山峰的奥秘和寻找高大山，市委制定了"G-2"计划。结果，在腾格尔山高4200米处，发现了一个水晶洞似的"冷坟"。有个奇特的"冰棺"，里面躺着一个人，他完好无损，仿佛合目入梦。此人正是高大山。

医生们应用林海兰发明的“起死回生”术：把高大山放在特制的封闭容器里，升压；放进新生酶——人造细胞的蛋白质。之后，开动了人造心脏起搏器，帮助他的心脏恢复机能。不久，高大山从昏睡中开始苏醒……

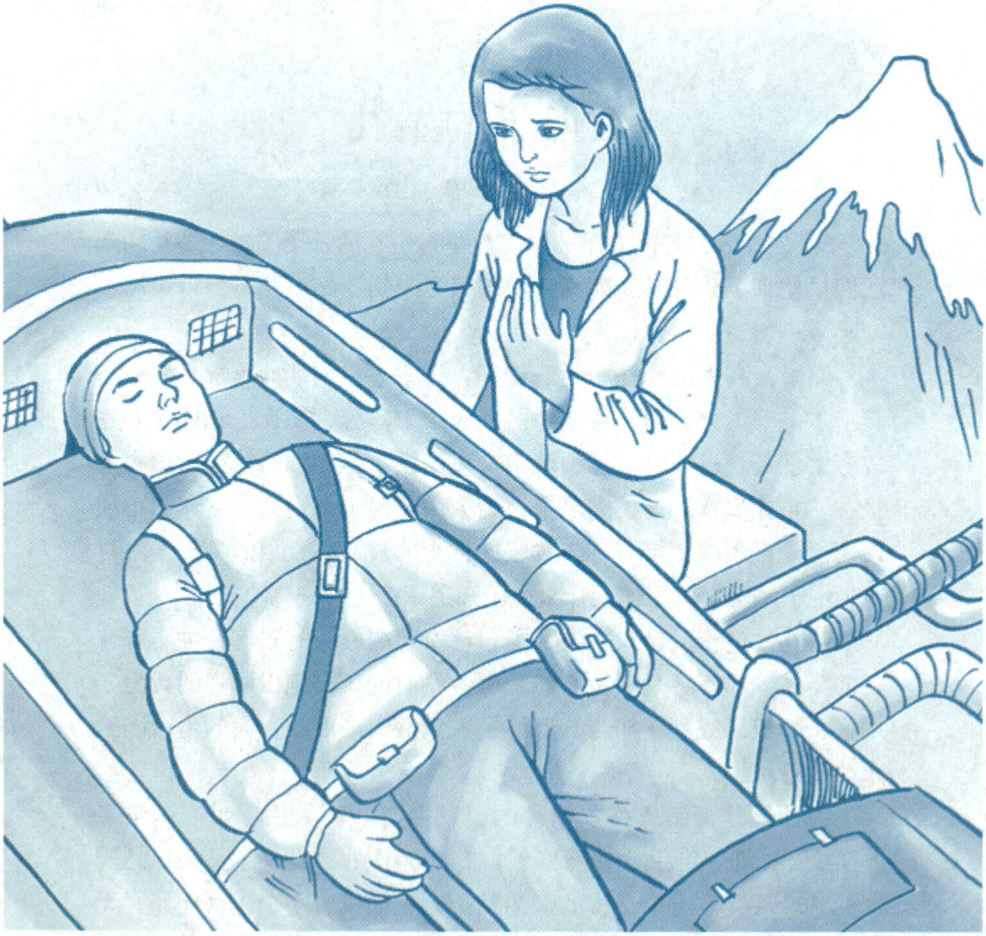

高大山没有失去记忆，他醒来的第一句话是：“海兰在哪里，我们不是要举行婚礼吗？”人们告诉他，海兰在等待他。她正在医学研究院，不过她已经是40岁的人了。

这是怎么一回事呢？有经验的白大夫解释说：“第一，木星和地球的时间不一样；第二，你吸进了雪崩中特有的物质‘雪酶’进入了‘冬眠’；第三，你坠进冰山雪谷里，气温急剧下降，冰壳立刻严严地包裹了你，使你不受外界物质侵扰，保持了完好的肌体……我们采用了林海兰发明的‘起死回生’术和她发现的新生酶。新生酶是一种蛋白质，它能促进生命细胞的新陈代谢，使生命蛋白质立即恢复机能，于是你便复活了。”说到这里，白大夫拍了拍高大山的肩膀说；“放心吧，你可以和40岁的新娘子结婚，她有办法永葆青春。”高大山听后，会心地点了点头。

《青年科学》(沈阳)，1980年第1期

魔 圈

田 敖

一个短发姑娘，在大熊猫“憨憨”的脖子上套上了一只亮晶晶的金属圈，然后，拍拍憨憨，把它放回雪山去了。

憨憨走在雪山上，一只小猎狗追了上来。小猎狗十分嫉妒憨憨有金属圈戴，与憨憨吵开了。它们两个边走边吵，惊动了雪山上很多小动物，这些小动物知道憨憨和小猎狗吵嘴是为了一个金属圈后，都乐开啦。见多识广的老山羊凑近憨憨的脖子说：“这是个魔圈，会变魔术。”站在一边的小花鹿直嚷嚷：“憨憨快变魔术呀！”但是，憨憨直摇头：“我不会变魔术！”老山羊又打主意了："人家变魔术，总是先翻个跟斗，然后就会变出来。"憨憨听了，当真地翻了两个跟斗，结果，什么也没有变出来。小动物都感到十分失望。憨憨就无精打采地玩起雪球来了。

憨憨抓了一把雪，搓成一团，在地上滚起来，后来又一脚把雪球踢了出去。忽然，它发现那边一个冰窟窿里冒出一个大雪球。这个大雪球原来是一只伪装的豹子。豹子跳出冰窟窿向憨憨扑来，憨憨直起身来想抖掉身上的冰雪。蓦然间，它脖子上的金属圈闪烁着一种深红色的奇异光彩，还发出一种奇异的金属响声，豹子大吃一惊，慌忙逃跑。豹子又绕到老山羊、小花鹿的背后，憨憨赶紧招呼它们离开这里。正在这时候，雪崩发生了，巨大的银团跌落下来，挟带着周围的积雪，形成一道奔腾的雪流。雪崩使老山羊它们惊呆了，豹子趁着老山羊和小花鹿在发傻的机会，急忙向它们扑去。憨憨连忙跑来与豹子搏斗。正当豹子张开大口扑来时，金属圈又闪出了红光，发出金属响声，豹子吓得跌进了雪流里，一直冲进了万丈深渊。

老山羊它们脱险了。原来，这个金属圈是科技人员安装在憨憨脖子上的一个无线电遥测装置。

《榕树文学丛刊》，1980年第3期

神奇的万能胶

田文仲　王念赤

那年放暑假后的第三天，我们“星星火炬”号直升机要进行一次试飞。我穿上皮夹克，和沈杰、许影一起飞上了蓝天。按预定计划，本该飞到大西港降落，没想到飞机中途出了故障，只好降落在一块靠近公路的草地上。一检查，原来是舵翼的结合处少了一个螺钉。

这时，来了一个30多岁的女同志。她姓冯，希望搭乘我们的直升机到大西港去办事。当她得知舵翼上少了个螺钉时，就说：“一会儿修好后咱们一块走吧。”从谈话中，我们知道她在化工研究所工作，专门研制万能胶。这种万能胶除了铜和汞，所有材料都能粘。它是模仿一种海生甲壳动物分泌的胶体制成的。这种胶体的胶接力相当强，要想把与船体粘在一起的甲壳从船上取下，甚至连金属都要被带下来。

“我们的舵翼能用这种胶水粘吗？”我突然想起了我们的处

境。“当然能。”冯姨回答得那么有把握。这时，她从包里取出一个大瓶子，标签上写着：24—甲。“因为这种胶含有24种有机物质，又是仿照甲壳动物制成的，所以起了这个名字。”我们喜出望外地从地上跳起来，接过万能胶，奔向直升机。不一会儿，我们和这位新结交的大朋友一起飞上了蓝天。

正飞着，突然无线电收报机里传来呼救信号：“紧急求救！我们是‘兰斯克尔’号商船，发生意外事故……”我们按“兰斯克尔”号报告的位置飞去，很快找到了这只商船。

船长向我们介绍情况说：“我们的船由非洲开往中国，刚才货舱里的化学药品发生爆炸，船体被炸开一条三米多长的裂缝，部分船员和乘客受伤，海水不断地顺着裂缝往里灌。”冯姨指着那裂缝说：“我看可以粘起来。”

船长尽管有些不太相信，还是按冯姨的要求，准备了补漏用的钢板和一些绳索。这时，冯姨从包中取出几瓶胶水，先把一瓶给了许影，要他去帮助医生，把伤员的伤口用胶水粘住。接着，她用胶水把绳索粘在钢板的两边。又让救生艇降到海面上，叫我和沈杰把胶水涂在钢板上，然后叫大家拉住绳索把钢板放下去。钢板一落到裂缝处，她就命令救生艇上的水手们把钢板顶在裂缝上。五分钟以后，钢板已牢牢地粘在船体上了。

我们要告辞了。这时，船长把一件礼物——一个用贝雕制作的大象，送给了我们，我把它捧在胸前。可是不久，那个大象已牢牢地粘在我的皮夹克上，再也拿不下来了。原来，刚才有几滴胶水溅到了我的皮夹克上。

我们的“星星火炬”号在“兰斯克尔”号全体乘员的欢呼声中，冉冉起飞了。

《儿童文学》，1980年第4期

盘羚的起死回生

田文仲　王念赤

在我家乡大青山杏花沟的深山里，有许多稀有动物，其中最珍贵的要算盘羚了。听野生动物研究所的贺松叔叔对爷爷说，目前世界上只有巴黎的自然博物馆里有一只盘羚的生态标本。至于活的盘羚，全世界的动物园里一只都没有了。

去年，我和爷爷在神马峰打猎，偶尔看到一只头上盘着大角的动物——盘羚。野生动物研究所的贺叔叔知道后，一定要爷爷捕一只活的盘羚。他给爷爷一支麻醉枪和一条电子猎犬。电子猎犬实际上是一只比怀表大不了多少的圆形盒子，里面装有灵敏的生物电感应器，它能指出附近动物所在的方位和距离。

爷爷和我带着麻醉枪和电子猎犬来到神马峰下，正好又遇上了盘羚。盘羚是一种生性胆小的动物，它一发现我们，就像箭一般地奔向神马峰。爷爷赶紧举枪，但已经来不及了。盘羚已从悬崖上跳下，等我们奔向深谷找到它时，它已经躺在血泊中，奄奄一息了。我赶紧骑上马，驮着盘羚，朝公社兽医院飞奔而去。可是已经来不及了，盘羚在中途断了气，我和爷爷都十分伤心。

正在这时候，从门外走进来一位叫“牛保姆”的中年妇女，她看见我一副伤心的样子，就问：“怎么了，孩子？”我把盘羚的不幸遭遇告诉了她，她十分同情，上前摸了摸盘羚的尸体说：“也许还有希望。”她叫人把盘羚的尸体抬进里房。过了一会儿，她提着一只皮箱走出来说：“盘羚也许不会灭绝。”说罢，就坐汽车走了。当时我感到非常高兴，但不久希望又破灭了，盘羚仍然是一具死尸。

过了一年，爷爷接到贺叔叔的来信，信上说，我们捕到的那只盘羚，已经繁殖出小盘羚了，并请我们去参观。

爷爷和我赶到野生动物研究所，在一座畜舍里，我们真的见到了盘羚，一只小盘羚跪在母羊肚子底下正在吃奶呢！这时，贺叔叔来了，他告诉我们，小盘羚是那个叫“牛保姆”的苏阿姨从死去的盘羚身上取下的肌肉细胞培育出来的。一共培育了七只小盘羚。贺叔叔答应等下次再繁殖出盘羚之后，一定送两只盘羚给我作纪念。

《盘羚的起死回生》，内蒙古人民出版社，1980年11月

兰妮的眼睛

田文仲　王念赤

我的好朋友兰妮为了保护学校的公共财物，眼睛被炸瞎了。

我去医院办公室找马主任，一定要他想办法把兰妮的眼睛医好。刚进门，就看见有人在同他争吵，我插上去对马主任说：“马伯伯，兰妮的眼睛一定要给她治好，不能让她瞎了。”马主任看了看我说：“她的眼睛伤得很严重，现代医学已经是无能为力了。”我再想说些什么，他已经站起身来，检查病房去了。

说也奇怪，从那以后，那个与马主任争吵的人却十分关心兰妮的眼睛。他经常在兰妮病床前问这问那。他是一位电子工程师，由于用脑过度，生病住在这里。后来我们就叫他“电子叔叔”。

几天后，他给兰妮带来三样东西：一副眼镜，一件“背心”，一只像携带式收音机似的仪器。电子叔叔让兰妮穿戴好后，顺手拿起一本书，放在兰妮面前，问她看到了什么。兰妮回答：“看不见。”电子叔叔不停地调节那套设备，兰妮还是什么也看不到。电子叔叔对我们说：“这是一副电眼，它能把‘看’到的东西变成电信号，电信号经过放大，传送到位于背部的刺激器，使皮肤产生感觉，兰妮就间接地‘看’到了东西。现在，兰妮戴了这副电眼，还看不见东西，可能是仪器的灵敏度还不够。”

3天后，电子叔叔又抱了那套设备来了。我赶紧帮兰妮穿戴好，电子叔叔拿了一本画报，放在兰妮面前，这时，兰妮高兴地说："好像是一个方东西……哦，一本书！"戴上这副电眼后，兰妮不但能在屋里走动，还能慢慢地看书。后来电子叔叔又给兰妮做了一个头盔，让电信号直接刺激大脑皮层的视觉中枢，在脑子里形成视觉。这样，兰妮既能看书又能画画了。

《盘羚的起死回生》，内蒙古人民出版社，1980年11月

"你好，铁教练"

田文仲　王念赤

我们业余体校的摩托车训练班班主任郝奇士，到"电脑研究中心"替我们请来了一个"铁教练"。它是一个机器人。

在训练场上，郝主任叫我们一个一个地走到"铁教练"面前，向"铁教练"介绍我们每个人的姓名和简况，还要我们每人说一声："教练，你好！"

这位"铁教练"还真有两下子。不管你问它有关训练中的什么问题，它都能马上做出准确的回答。在操作上，哪怕出了一个不显眼的小差错，谁都别想逃过它的眼睛。有一次我就一连被它点了三次名，还要我当众重新操作一遍，使我十分难堪。我想找个机会报复它一下。

于是，我千方百计地去打听它的底细。我问郝主任："'铁教练'怎么会认识我们的？"郝主任给我介绍说："它那双眼睛是两个摄像机镜头，一看到你，就把你的形象记录下来，存入它的存储器里。以后再看到你，它只要用几十亿分之一秒的时间，就可从存储器中查出你的模样，把你认出来。"

第二天上训练课时，我戴着哥哥的帽子，又戴了一副墨镜，还装了一副小胡子。“铁教练”点到我名字的时候，它足足看了我半分钟，最后问我：“你是谁？”“我是爱克斯。”“噢，你是王少飞。”接着它就把我训斥了一顿。

下课后，我被郝主任叫到办公室，挨了一通批评。我申辩说：“我想试试，看它能不能认出我来。”郝主任看着我，摇了摇头说：“它能听得出你是谁。我们每个人说话的声音都不同，那天我叫你们向它问好，就是让它记住你们每个人的声音。开始你化了装，它没认出来；后来，你说了话，它听出了声音，就把你认出来了。”从这以后，我再也不敢跟“铁教练”捣蛋了。

不久，我们开始越野训练。“铁教练”坐在我驾驶的摩托车的车斗里，指导我驾驶。摩托车沿着盘山公路飞驰，车速达到80码。忽然，前面出现了弯路警告标志，“铁教练”立即下达了减速的命令，我把车速减慢到60码，“铁教练”还要我减慢至20码，我想再过几秒钟就可冲过弯路，何必……就在这时，一块石子在摩托车轮胎下撞了一下，摩托车翻向路边的深沟。就在这一刹那，“铁教练”以惊人的速度，将我一把抓起，扔到公路上，而它却与摩托车一起滚下了深沟。

醒来时，我已躺在医院里，还好没有受重伤。这时，我想起了“铁教练”，郝主任说：“它已被送回电脑研究中心去修理了。”

半月后，我伤好了，回到了训练班。“铁教练”站在一辆崭新的摩托车旁边，我恭敬地喊了一声：“你好，‘铁教练’！”

《盘羚的起死回生》，内蒙古人民出版社，1980年11月

贝贝是怎样代替恰恰的

田文仲　王念赤

今晚，爸爸和妈妈都要在电视节目中露面了。爸爸是生化所的研究员，专门研究记忆。他应电视台的邀请，在《科技新花》节目里，向观众介绍生化所最新研究成果——动物的记忆转移。

在屏幕上，爸爸指着他左边的一只松鼠说：“这只松鼠经过训练，能在迷宫中穿过复杂的障碍，很快找到食物。”接着，他把松鼠放入迷宫。果然，它很快就找到了存放食物的格子。爸爸又指着右边的另一只松鼠说：“它没有经过训练，在迷宫中只会到处乱闯，找不到食物。”他把那只松鼠放入迷宫后，出现的情形和他说的完全一样。接着，爸爸又说：“如果对那只经过训练的松鼠的记

忆物质进行复制，再把它注入另一只松鼠的脑细胞中去，那么，这只松鼠会‘不学有术’，在迷宫中很快地找到食物。这种现象就叫记忆的转移……”

爸爸的节目结束了，下面是妈妈的《文化生活》节目。妈妈是马戏团里的驯兽演员。今晚，她表演拿手好戏——驯狗。可是，节目临时被换成了电影。没等电影放完，爸爸和妈妈推门进来，我赶紧迎上去问妈妈：“您的节目怎么不演了？”“小狗‘恰恰’的后腿被砸断了，演不成了。”我和妈妈都感到十分懊恼。

吃晚饭的时候，爸爸看到妈妈唉声叹气的样子，就说：“把我的‘贝贝’借给你用。”贝贝是科研所养着的一条黑白花狗，机灵极了。可惜的是，贝贝没有经过训练，还不会表演跳舞的动作。那怎么办呢？爸爸说：“不要紧，把恰恰的记忆转换到贝贝脑子里，不就行了吗！”

妈妈听了半信半疑，爸爸却蛮有把握。

第二天，爸爸就去实验室做试验，一直忙到星期六晚上才回家，他告诉妈妈：“明天就可以做移植试验了。”我问爸爸：“怎么个移植法？”“很简单，把记忆物质注射到脊髓腔里，使它很快地进入大脑。”

星期天，我随爸爸妈妈一起去研究所看移植试验。

贝贝被唤进了实验室，安置在手术台上，爸爸用一根小棍在贝贝身上点了一下，它就躺在那里一动不动了，完全像在睡觉。爸爸迅速拿起针管从它的后颈部刺了进去，只用了20秒钟就做完了手术。接着，爸爸又用小棍朝它的鼻尖上点了点，贝贝就醒了过来。

我情不自禁地鼓起掌来。这时，贝贝突然后腿直立，用一只前脚向着我扬了扬，好像在向我致意。妈妈拉起子手风琴，奇怪！贝贝趴在地上不动了。试验失败了。

爸爸问妈妈：“你训练恰恰的时候，有向观众招‘手’这个动作吗？”妈妈说：“这是在前几天才加进去的。”爸爸明白了，这说明近期记忆的转换成功了。失败的只是远期记忆。爸爸又花了几天时间，改进了复制技术，终于完全成功了。只是贝贝由于缺乏锻炼，跳舞的动作还不如恰恰熟练。

电视屏幕上出现了贝贝在妈妈的伴奏下欢快地跳舞的情景，动作虽然略微笨拙，却更显得滑稽可笑。

《盘羚的起死回生》，内蒙古人民出版社，1980年11月

甜蜜的侦察

田文仲　王念赤

放学后，我和志强、永亮一起走出校门，遇到了班上的陈雅琴同学。她从口袋里掏出一把糖果分给我们三人，每人尝了一颗，味道还真不错。陈雅琴问：“你们知道这糖果是用什么东西做的？”我想：那还用问，做糖的原料不是甘蔗，就是甜菜。谁知陈雅琴说，他爸爸厂里做糖不用原料，就跟变魔术差不多，一下子就能变出许多糖来。我们不信，陈雅琴就与我们打赌，如果她说谎愿意受罚。

第二天，我们三人就去陈雅琴爸爸的试验工厂“侦察”。走进车间，只见屋顶上垂下几根管子，白花花的糖顺着管子直往下流，就像一道道瀑布，下面由机械手张着塑料袋在装糖。我们顺着管道往前跑，一心想找到原料加工车间。可是，走到管道尽头，也只见几个透明的大池，其他什么东西也没有看到。

这时，来了一位大个子叔叔，我们好奇地问：“叔叔，我们怎么没有看见制糖的原料啊？”“哦！我们这里是模仿植物叶子的光合作用来制糖的，它只需要阳光、二氧化碳和水就能生产出雪白的糖来。所以，你们想找的那种原料，在这里是找不到的。”这时，我们才真正相信了陈雅琴的话。

临走时，大个子叔叔从柜子里取出一盒糖果放在我们面前，请我们每人尝尝，这糖果和陈雅琴给我们吃的一样，又甜又香。

我们结束了这次“侦察”，带着甜蜜的回味回到了家中。

《盘羚的起死回生》，内蒙古人民出版社，1980年11月

没有骨头的肉

田文仲　王念赤

记得我在上小学四年级的时候，语文老师曾经给我们讲过一个有趣的故事。他说，在《山海经》里讲到一种动物，在它身上割下一块肉又会很快地长好。

听了这个故事以后，我一直在想，等我长大了，一定也要培育出一种跟《山海经》里说的那种动物一样的猪来。这样，家里养一头这样的猪，吃肉就太方便了。

可是，还没有等我长大，我舅舅工作的副食品研究所就已经解决了这个问题。暑假里，我到舅舅家里去度假。舅舅家里每天吃肉，但这肉和平常的肉不一样，虽说有肥有瘦，有白有红，可是瘦肉和肥肉一样均匀细腻，一点也看不出肉丝，还没有骨头。后来，舅舅告诉我，这是他们研究所自产的一种人造肉。

一天下午，我跟舅舅去参观人造肉厂。舅舅指着一排圆柱形的大罐说：“这是人造肉的‘生产车间’。”人造肉实际上是一种叫真菌的微生物。它体内含有丰富的蛋白质，所以可以当肉吃。这种真菌每隔20到25分钟就增殖一倍。它的繁殖速度比牛快上两千倍。我们又来到了成型车间。在那里，一台台压力成型机已在把培养出

来的微生物压成各种模样，有的像夹心肉，有的像里脊肉。这里每天可生产出45000千克人造肉。

舅舅对我说："这种微生物，被你取走一部分，剩下的又会继续繁殖。"我想，这与我理想中的那种猪有点相像。于是，在回家的时候，我带上一大块人造肉，送给语文老师，让他看看世上真有《山海经》上写的这种"动物"。

《盘羚的起死回生》，内蒙古人民出版社，1980年11月

大花猫的新职业

田文仲　王念赤

在我们住的那个单元里，三户人家的三位小朋友，各养着一只猫。我养的那只叫花花，苹苹养的那只叫小黑，三明养的那只叫虎头。有一天吃完午饭，哥哥忽然对我说，把花花借给他。哥哥平时特别不喜欢猫，还说要把它宰了做副皮手套呢！这下子，我真的怕他“借”去给宰了，急得直嚷：“我不借！”哥哥给我解释说；“我想用这只猫来实现飞艇的无人驾驶。”

哥哥在一家运输公司工作。最近，他们试制成了一种低空飞行的货运飞艇，不仅载重量大，而且还是无人驾驶的呢！公司准备大力发展这种飞艇，可是地面控制台还得用人操纵，哥哥想用猫代替人在控制台值班。因为猫的眼睛比人的眼睛灵敏，猫爪也比人手反应快。同时，地面控制台的操纵十分简单：灯亮，按下按钮；灯熄，放开按钮。为了使花花能够胜任这项工作，哥哥改装了控制台。他把控制台上的按钮换成一个导电的圆球，里面装一只指示灯。再在猫的脑子里插入一根极细的电极，在猫的前爪上套上一个金属套，将金属套与电极用导线连接起来。当圆球里的指示灯点亮后，猫的爪子一接触到它，就有一股电流刺激猫脑的“快感”中枢，产生一种愉快的感觉。猫为了追求这种刺激，就抓住圆球不放。直至圆球里的指示灯熄灭，这股电流消失，猫才放开圆球。经过这样的反复训练，就能在猫脑中建立起一种条件反射，以后只要圆球里的指示灯一亮，猫就会自觉地去抓圆球；圆球里的灯一灭，又会放开它。这就跟人的操作完全一样了。

哥哥的这个设想真的成功了。可是，不久花花出了事故。有一次，飞艇本来飞得好好的，不知是怎么搞的，花花去抓了那个圆球，反使飞艇偏离了航线，幸亏飞艇上装有自动报警装置，否则就要闯大祸了。

后来，哥哥又想了一个办法，让花花同小黑、虎头三只猫一起值班，只有当两只猫或三只猫同时抓圆球时，飞艇才改变航线。这样一来，即使有一只猫调皮捣鬼，也不会发生事故了。

从此，我们单元里的三只猫每天都去上班。打那以后，我再也没听说它们出过差错。看来，它们能胜任这个新职业了。

《盘羚的起死回生》，内蒙古人民出版社，1980年11月

绿羊奇谈

田文仲　王念赤

我听妹妹来信说，她们那里的巴特尔同志培育出了一种绿羊。这可是件新鲜事，我决定亲眼去看看。

到了达尔罕草原。我正想打听怎么走的时候，迎面来了一位骑摩托车的小伙子。说也正巧，他就是巴特尔，我就跟着他来到了牲畜改良站。在一片丛林围绕的空地上，有幢房屋和几处金属栅栏围起来的棚舍。我们走到一处栅栏前，栏里一对雪白的骆驼慢悠悠地来回走动着。不，不是骆驼，它头上还长着犄角呢。栅栏上的字牌告诉我，这叫驼羊。巴特尔向我解释说："这是把绵羊和骆驼的遗传物质结合在一起培育出来的新种。"在另一间畜舍前，我透过玻璃窗看见一只叫不上名的怪东西，它像牛，像羊，还像猪。听巴特尔介绍，它综合了六种动物的遗传因素。在他们的畜棚里，我还看到一种红白色相间的绵羊，但就是没有看到有绿羊。我问巴特尔："你们这里有没有绿羊？"巴特尔笑着说："你要看绿羊，得找另一个巴特尔。”他让我骑着他的摩托车去找他。

在一片葱茏的果园前，我遇到一位中年人，他正是我要找的另一个巴特尔。在他的果园里，树上的苹果像足球，梨子像葫芦，小麦伸着一尺多长的穗子，向日葵举着车轮大的花盘……不用说，这一定也是遗传工程创造的奇迹。但这里也没有看到我所要找的绿羊。我只好再问巴特尔。巴特尔听了，笑了起来说：“我这里是植物园，羊可是动物啊。”然后，他又神秘地对我说：“这要去找老巴特尔。”

我驾着摩托车来到一片草场时，天已黑了，只听见周围有咩咩的叫声。一位牧羊老汉请我去他包房里休息，他搬出各种各样好吃的东西来款待我。我们一边吃，一边交谈。我向他打听绿羊的事。老汉就给我介绍说：那是五年前，老巴特尔在放羊时，发现有两只羊背上的毛变成了绿色，开始以为是被青草染绿的，可是日久天长，绿色非但没有褪掉，反而面积越来越大了。他就把绿羊毛送到畜牧研究院去检验，结果发现在羊毛里生长着一种绿藻。老巴特尔就想：绿藻能靠叶绿素进行光合作用制造出养料维持它的生长，如果在羊毛中也含有叶绿素，那么羊也可以通过光合作用制造养料，维持它的生长；这样，羊可以不吃草了。结果，通过遗传工程和细胞培养技术，真的培育出了一种羊毛中含有叶绿素的绿羊来。这位老汉就是我要找的老巴特尔。

第二天一早，我走出蒙古包想去看看绿羊，可惜，老巴特尔早已领着羊群放牧去了。

《盘羚的起死回生》，内蒙古人民出版社，1980年11月

赶云记

田文仲　王念赤

为了向沙漠宣战，我们几个在沙漠边上的公社联合起来，营造万亩防风林带，筑起一道抵御风沙的“绿色长城”。可是，树苗栽下后一个多月没有下雨，眼看这些树苗都要活活干死了。

我急忙驾着少年航空俱乐部的直升机，去气象台询问天气情况。谁知，根据天气形势预报，前山地区近期将有几次大雨和中雨，而我们后山地区一个月内仍然不会有雨。正在我焦急不安的时候，沙漠绿化指挥部的副总指挥张工程师也来气象台找台长“借雨”。

张工程师走到一幅地图前，对台长说：“山南将连续下雨，山北却持续干旱，我们想把山南的雨云赶一点到山北去……”张工程师的话还未说完，台长的脸上已经露出了怀疑的神情。

“台长，这件事我们已同有关部门商量过。我们准备用直升机来赶云。云层一般都带有电荷，如果它带正电，在它的后面设置一个带正电的静电场，由于同性相斥，它就会对云产生一股向前的推力。要是在云的前面再设置一个带负电的静电场，由于异性相吸，它又会对云产生一股向前的拉力。同时移动这两个静电场，云就被它们一个推、一个拉地跟着移动。静电场可以考虑设置在直升机上。”“这个计划真神啊！”我心里想着。于是，我向张叔叔请求，让我们的直升机参加这次赶云，张工程师微笑地点了点头，表示同意。

赶云的那天，云层带的是正电，先导的直升机牵着一条带负电的金属网，压阵的直升机牵着一条带正电的金属网，浮动的乌云像听话的绵羊一样，顺着直升机前进的方向移动。上午10点钟，乌云已移到了造林区的上空。“轰、轰”几声，人工催雨炮弹送上了云层。催雨炮弹里装的是一种细菌，它被送到云层，很快地向四围扩散开来，使细碎的云雾以它为中心凝结成雨滴，降落到地上，滋润着干渴的树苗。

《盘羚的起死回生》，内蒙古人民出版社，1980年11月

阿拉坦淖尔传奇

田文仲　王念赤

我的爸爸、妈妈都在阿拉坦淖尔工作，这是北方有名的一个新兴工矿城市。从我们这里去阿拉坦淖尔有直通的磁悬浮列车，只要三个小时就可到了。

阿拉坦淖尔从前叫灰腾淖尔，意思是冷湖。那里一年中有七个月湖水冰冻，与夏天压根儿不沾边。

列车飞速地向北方驶去，窗外的大地渐渐出现了点点残雪。接着，残雪由点连成小片，又连成大片，一直铺展开去，把大地严严密密地盖住了。列车到了阿拉坦淖尔，爸爸已经在车站等我了。我跟着爸爸走出车站，眼前的情景使我目瞪口呆：在车站广场上，喷水池中几股水柱，交织成一道透明的帘幕，草坪上毛茸茸的青草铺就一幅柔软的地毯，树那么绿，花那么鲜艳，车窗外的冰雪世界不见了。

爸爸领我上了一辆压缩空气动力车。据说这里的车辆都不用燃烧，而是用飞轮、发条、太阳能、蓄电池、压缩空气等作为动力的，这样可以减少对环境的污染。车子沿着一条林荫大道飞驰，很快就到家了。

妈妈是搞城市建设的。我一进门，刚见妈妈的面就问："这里的气候……"

原来，这里的整个城市建造在一座巨型的充气建筑里面。在充气建筑的塑料薄膜夹层里，充满了比空气轻得多的氦气，使整个塑料穹顶被托举在空中。城市的气候由人工控制，树木和其他绿色植物供应城市氧气并吸收二氧化碳……

妈妈的简单介绍，使我恍然大悟。

《盘羚的起死回生》，内蒙古人民出版社，1980年11月

遥远的爱

童恩正

这是很久很久以前发生的事了。当时，我正在UFO国际研究中心工作。研究中心准备建造一艘深海潜艇，到太平洋的一条深达1.2万米的海底裂缝，去追踪UFO的踪迹，我主动承担了这项艰险的任务。

8月10日，我开始了这前程未卜的征途。潜艇经过一番周折，终于来到了裂缝底。一切似乎还顺利，但我的潜艇驶到一处特别陡峭的岩壁下面时，艇身开始颠簸起来。我试图使潜艇上升，摆脱这股水流，可是已经晚了。潜艇顷刻之间被卷进了旋涡，旋转着，翻滚着，像激流中的一片小树叶一样。我随着艇身滚来滚去，在头昏目眩的时刻，迅速报出了仪器的读数，让母船上的同事们能知道这股潜流的方向、速度和深度，这样在以后的探险中就能避开它。报告完毕后，一次猛烈的冲击使联系中断了，我也进入了半昏迷状态。只有装在舱顶的自动闪光警报器，不断用强烈的脉冲光划破黑暗，向周围发出任何一个航海者都熟悉的信号："UFO，你在哪里？

UFO，你在哪里……”这信号成了留在我脑中的最后一个意识。

当我苏醒过来时，惊异地发现自己正躺在一间圆穹形顶的房间里。房屋是用一种乳白色的发光材料制成的，桌子、椅子和床都浮在空中。一个大约有二米高、全身暗蓝色、缀满了一排排光点的似人非人的怪物，给我送来了食物。后来，我来到大厅里，只见到处都是我所不了解的仪器。更使我难以相信的是，在这里我竟见到了一位只可能在人类幻觉中出现的美丽姑娘。从外貌来看，她最多不过20多岁；可是她那种罕见的沉着和严肃，却只有十分老成的人才能具备。她伸手在座椅上按了一下电钮，一个长方形的银色框子出现了，框子里重现了我脱险的情景。原来我是被名叫哈利的机器人救起来的。这位姑娘告诉我，她是生活在TX-11星球上的高级生物基玛用遗传工程的原理培育出来的“人”。现在这个地方是基玛设立的海底观测站，哈利已在这个海底观测站里工作了1.2万年。她的生命是根据科学的需要来分配的。在一定的时候，她的细胞的新陈代谢作用就会完全停止，生命也就进入了凝固状态；过了一段时间，新陈代谢又会自行恢复。正因为这样，她看到了人类全部文明发展的过程。

我亲切地叫她琼。她也同样叫我一个字——默。

琼告诉我，根据基玛的指示，当地球人类发现这座科学观测站的时候，她将结束在这里的工作。10天以后她将带上哈利，乘着磁力飞船回到TX-11去。在这10天里，琼用我所能理解的语言，向我传授了许多知识，使我感到在基玛的高度文明前，自己真是太无知了。琼又将地球人类历史上一些重大史实的录像放映给我看，使我目睹了近1.2万年以来地球人类历史发展的概况，解决了迄今地球上的科学家无法解释的古迹和传说之谜。

琼那广博的见闻，惊人的记忆力、风趣隽永的语言，真是令人倾倒。美貌和智慧在琼的身上得到了有机的结合。和琼10天的朝夕相处，唤醒了我心中一种生疏的感情——爱情。我疯狂地爱上了她。

在我离开的前一天晚上，哈利为我准备了一顿丰盛的晚餐。当我想到即将与坐在我面前的琼离别时，真是食不下咽。我抑制不住自己的激动，大声向她呼唤："我爱你！"出人意外地，她竟回答说，她也爱我。我们沉浸在爱的海洋中。但是，她认为我们的爱情比起整个宇宙间科学的合作，比起地球的未来和发展，是渺小的。她愿意为了事业做出自我牺牲。

我与琼分别后，回到了母船。看到UFO的舱壁上出现的闪光大字“永不相忘”时，我深深体会到它蕴藏的含意。UFO向着无垠的宇宙飞去，它带走了地球向宇宙发出的信息，也带走了我的青春、我的爱情、我的欢乐。

事情已经过去40年了。每年这一天，我和琼分别的纪念日，我总是一个人静静地在海洋实验室坐一个晚上，怀念着我亲爱的琼，向着TX-11星球的方向发出“永不相忘”的电信。

《四川文学》，1980年第5～第6期

追踪恐龙的人

童恩正

陈翔从小就喜欢听爸爸讲恐龙的故事。在读中学的时候，他就爱上了古生物学，成为一名古生物学爱好者。

有一次，他在“青年古生物学爱好者”夏令营中，发掘到一块上面画有恐龙的骨板，骨板上的恐龙画得那么逼真。他想，既然恐龙在10万年前还存在，现在会不会还有恐龙呢？这时，童年时代的幻想——找恐龙去，又在他心底里复苏了。他暗自下定决心，要献身给这项科学事业。

后来，陈翔考进了大学古生物学专业。他从地质、古生物、历史、考古等各方面进行研究，证明在人类进入文明以后，居住在中国西南部地区的人与恐龙曾经有过接触。毕业时，他就撰写了题为《中国古代有关龙的传说及其起源》的论文，希望毕业后能去西南地区进行考察，找寻可能还存在的恐龙。

陈翔随着一支地质勘探队在藏南地区考察时，听到当地有关恶龙湖的一些传说，立刻引起了他的强烈兴趣。到了夏天，他放弃了休假，与地质队的向导益西甲措一同来到了恶龙湖。

一天深夜，陈翔和益西甲措听到一声凄厉的马嘶，马上拿起枪冲到林子里去，发现他们拴在林间空地上的两匹马，一匹已经惊得脱了缰，另一匹则活活地被撕裂了。陈翔检查了现场，在低洼的地上留下了三个足趾的巨大脚印，一左一右地排列着，每个脚印长达两米左右。看来，这湖中真有怪物。

第二天，陈翔详细地写了一份报告，要益西甲措骑马到离这里只有五天路的一个农牧场去，用电话向有关科研单位报告。他自己则留下来监视湖中怪兽。

整整九天了，陈翔藏在湖边的一处树林中，一直没有发现怪兽的踪迹。直到那天傍晚，悬岩下有一个黑影闪入湖中。他用望远镜观察，发现那里有一个洞口。第二天，他就只身进洞，深入30多米后，拐了一个弯，按亮了手电筒，发现离他10米远的地方，蹲着一头足足有两层楼那么高的巨兽——一头真正的、活着的霸王龙。陈翔马上拿起照相机，摄下了这一震惊世界的画画。在强光照耀下，恐龙微微退缩，蹲在原地不动。为了保护这珍贵的财富，陈翔熄灭了电筒，想在黑暗中退出洞去。这时，恐龙已从麻痹状态解脱，它那巨大的身躯向陈翔扑来，陈翔撞在石壁上。在千钧一发之际，益西甲措和陈翔的女友秦小文用两只手电筒照着庞大的恐龙头。由于恐龙长期生活在黑暗的洞中，它的眼睛习惯于在黑暗中看东西，一旦见到强烈的光线，就会使大脑失去平衡，变得麻痹了。他们把受伤的陈翔救出洞外，并告诉他说，不久将派科学考察队来这里做进一步考察。

《科学幻想小说选》，中国青年出版社，1980年6月

海外怪客

万峰峻

在菲律宾首都马尼拉的一幢公寓里发生了一件惨案。

居住在菲律宾的华裔物理学博士李光华被人杀害，凶手还取走了他的头颅。据侦察署署长艾尼的推测，李光华之死可能与他从事的次声和强磁研究取得成功一事有关。

两年过去了，这件案子还未侦破。一天晚上，李光华博士的遗孀王莉的家里响起了阵阵门铃声，一个老用人开了门，进来三个男人。这时，正在客厅里玩耍的李光华的女儿小曼娜停住了手，好奇地看着一个男子。突然，她高喊一声“爸爸！”张开双手迎了过去。这一声“爸爸”也惊呆了王莉，她用颤抖的声音问他是谁?那个男子用沙哑的嗓音叫着她的名字。王莉扑到那人怀里，又骤然躲开了：“不，你不是他。”这时一起进来的艾尼署长劝王莉说：“请你相信我，这人至少有一半是李光华。”接着又给王莉介绍了魏尔逊先生，并对王莉说：“等我们把事情原委讲清楚，你就会明白了。”

魏尔逊是英国某著名航海学院的高才生，他和好朋友汤杰姆在即将毕业的前夕，就被“施密特跨国水产公司”优先录用了。经过三年的特别训练，他们被分配到这个公司的太平洋海洋研究中心工作。汤杰姆留在“海豚”潜艇上，魏尔逊则被分配在“特勤处”。他们到了岛上三年多，还摸不着这个小岛的底细。这里名为“海洋研究中心”，却尽搞些什么激光、次声、强磁……还有一些稀奇古怪的规定，更是令人吃惊。他们本能地感到这里可能是个魔窟。

一年夏天，研究中心主任伊氏要他们和巴氏去追捕一名盗窃公司巨款、驾着一架小型飞机潜逃的高级职员。他们驾着“海豚”来到“百慕大三角区”的一个指定位置时，天空出现了一架小型飞机，巴氏下令打开强磁发射器，几秒钟后，飞机扎进了大海，抓到了两名“盗窃”者。其实，他们哪里知道，这两名“盗窃”者正是闻名全球的人体再生移植专家阿·马尔尼斯先生和他的助手。

马尔尼斯在岛上生活了一年多。伊氏请他来到一间密室，说有一件事要请他帮忙。伊氏打开一个电冰箱，里面放着一个头颅。伊氏给他介绍说：“这个头颅是昨天从一艘海盗船上截获的。据几个同事辨认，他是世界上著名的物理学家李光华先生。为了挽救这颗科学大脑，想请您做一次移植手术使之复活。”经过一番长时间的沉默，马尔尼斯最后同意了。李光华的头颅被移植到一个华裔小伙子身上。手术是成功了，但是，伊氏每次找李光华谈话，他都毫无反应，这使伊氏十分恼火。后来，伊氏根据马尔尼斯的建议，让他到一个幽静处疗养一段时间，尽快恢复他的脑功能。

魏尔逊用“海豚”将李光华和马尔尼斯送到离“海洋研究中心”200多海里的一个小岛上。岛上只有两个机器人，这就比研究中心随便得多了。但魏尔逊还是严格执行规定，不透露，也不打听。一次偶然的发现，终于使他们打破了规定。在沐浴时，他发现李光华的身体酷似自己的朋友汤杰姆，左臂上也有两块和汤杰姆一样的伤痕。从马尔尼斯口中得知了他好友的遭遇，他们三人倾心交谈，一切真相大白了，决定一起逃出去。他们几乎每天都在研究各种逃走的可能，但是，这里四面是沧海茫茫，岛上没有任何可远涉重洋的交通工具。终于机会来临了。伊氏派“海豚”来接他们了。随“海豚”来的是巴氏。一上艇，魏尔逊占了驾驶员旁的座位，其余三人都坐在后舱室里。几分钟后，魏尔逊一跃而起，死死卡住驾驶员。李光华和马尔尼斯一左一右卡住了巴氏，巴氏用力推开他俩，拔出匕首，向马尔尼斯连刺两刀，马尔尼斯倒下了。李光华只身与他搏斗。正在危急的时候，魏尔逊刺杀了驾驶员，赶来助战。最后，他们经过奋力搏斗，杀死了巴氏。

魏尔逊驾着潜艇掉转方向，向着自由和光明飞驶而去。突然潜艇停住了，接着又以越来越快的速度倒退回去。原来，他们逃跑的企图被发现了，岛上发射的强磁把潜艇吸了过去。这时，李光华头脑中闪过“异磁吸引”的念头，马上跳起来，关掉开关，戴上高压绝缘手套，把强磁发射器上的几个插头反接了一下，再打开开关。简直像魔术一样，“海豚”脱离了强磁吸引，高速地向原来方向冲去，很快就到达了马尼拉海岸。

在菲律宾保安人员的严密保护下，他们为马尔尼斯举行了葬礼。

《太原文艺》，1980年6月号

万国博览会上的窃案

王宝安

万国博览会在中国南方的一座滨海城市举行。参加博览会的各国公司，都在这里展出最有特色的产品。南美洲“波森”公司的最新成果“全自动天文望远镜”，就陈立在大厅的东北角。这台望远镜的分辨率和收集区，已经超过了最大的射电望远镜，而它的体积却非常小，小巧玲珑，引起了天文学家们的广泛注意。这台仪器的心脏部分，装在仪器的中部，如肥皂盒大小，叫激光传感器，是这家公司的专利。参观者都愿爬上两节短梯，登上平台，亲眼看一看这个封闭在透明有机玻璃壳内的咖啡色物体。

我公安部门的林处长在博览会开幕的前一天，接到一位国际友人从日内瓦通过卫星打来的电视电话：有人想在博览会开幕前，盗窃“波森”公司一项先进仪器的专利部件，然后嫁祸于中国。和窃案有关的，是一只黑尾巴的狸猫。

在规模盛大的预展宴会上，坐着一位谈吐文雅、举止大方的女士，她就是巴泉公司展销部主任冯·伯拉夫人。在她的膝上静伏着一只猫崽，轻轻地摇摆着那条黑色的尾巴，不断地侧过头来东张西望。这时有人前来敬酒，冯·伯拉夫人站起来，一手拢着猫儿，另一只手举起酒杯，微笑着向对方致意。突然，猫儿从她手中窜出，向一位中国姑娘扑去，吓得姑娘惊呼起来。在这同时，谁也没有察觉到，有一件闪光的金属制品从猫儿爪下掉落，向前滚去……这是一只镶有黑宝石的戒指，它和那只娇小玲珑的猫是巴泉公司展销团技术顾问兰茨博士在临来中国前送给冯·伯拉夫人的。

冯·伯拉夫人并不喜欢这两件礼物，就像不喜欢兰茨博士发红的秃顶和那双褐色的眼睛一样，但她还是收下了，因为兰茨博士是她的上司。

兰茨博士知道冯·伯拉夫人不喜欢这两件礼物，可是她已完成了任务。在宴会结束后的当天晚上，他来到冯·伯拉夫人的房间里，客气地直截了当地说：“我为这使您不称心的礼物感到非常不安。说实在的，本来可以送您更好的，只是到这里来得仓促。这样吧，我今天把它们带走，过两天送给您最好的巴儿狗和红宝石戒指。”说罢，他顺手抓住猫，又拿起茶几上的戒指，匆匆地走了。

在电视监视屏上，“刷”地斜着闪过一道亮光，这就是黑尾巴狸猫跑过时的影像。

狸猫离开兰茨博士，窜出楼门，直奔博览会主厅。探头探脑的狸猫，向四周张望，就像一个具有健全头脑的贼。突然，它被主厅门口两侧的机器人身上的反光吸引住了。它注视了一下，迅速朝左边的机器人扑去，一下子抓住她的衣袖，跳上肩膀。然后，它一侧身，躬起腰背猛地向右边机器人胸前弹过去，前爪搭在机器人伸出的手臂上，后爪向肘上靠紧，正在用力时，一个套索扣住了它的脖子。它立刻竭尽全力向大厅内窜去，一下子蹿出2米多，然而脖颈却被狠狠地勒了一下，重新又给拉了回来。就在这一瞬间，猫眼里的散射发光器发出强烈的散射光束，使巴泉公司展区的那头北极熊接收到光信息后，一边迅速发出干扰信号，一边行动起来。它无声无息地爬着，敏捷地绕过几个展台，沿着一条栅栏奔跑，犹如一块被磁石吸引的铁。很快，它灵巧地爬上梯子，踏上平台，毛茸茸的爪子伸向那咖啡色的“传感器”……

敌人凭借电子、光学等技术优势，使我们的监测设备受到了强大的干扰，传感器被狡猾的敌人窃走了。

万国博览会正在进行。波森公司的望远镜表演正常，原来丢失的不过是赝品。按照波森公司的规定，原件已经在预展后换下来了。祖国的声誉没有被玷污，这是靠了朋友们的警惕和帮助。

经过调查研究，现在全清楚了。这只受过特殊训练的猫原来的使命是直接启动熊的开关。在猫眼里装有微型电脑和特殊发光器。在电脑指令要求下，猫可以按一定方向行动，还可以发出强烈的散射光，远距离启动熊的胸徽里的接收器。熊的电脑系统还能放出强大干扰信号，破坏我们的监视图像。趁着我们两眼一抹黑的时候伸出魔爪，窃走了传感器。

《“飞毯”的风波》，工人出版社，1980年9月

海底五昼夜

王道勤

在去广州参加生命起源学术讨论会的前夜，我漫步在海滩上，不时抬头欣赏美丽的夜空。使我感到奇怪的是，今夜的月亮不知为什么竟与往常不同，它由白色变成绿色，又从绿色变成黄色，最后又发出橘红色的光芒，并且越来越大，竟超过了平常所见月亮的数倍。我正以迷惑的目光看着这不可思议的变化时，它突然翻了过来，变成了一个像草帽一样的扁平发光物体，这时我才一下清楚意识到，它并不是月亮。就在这时，我感到一个非常有力的夹子抱住了我的腰部，顿时我两脚离地，连喊都没有来得及喊一声，就成了外星球人的俘虏。

和我关在一起的还有三个人：一个是面色苍白的老人，他叫奥利弗，是加拿大人；另一个是年轻小伙子，他叫瓦伦迪奇，是澳大利亚人；还有一个是年轻姑娘，她叫路易莎，是爱尔兰人。尽管我们国籍不同，但在外星人面前我们都成了同乡，因此一见如故。

四天后，外星球人的飞碟因发生故障而沉入海底，几个机器人正在忙碌地检修。我们决定趁它们忙乱之际冲出房间。我纵身翻上了控制台的栏杆，扑向那个装有许多仪表和电钮的控制台，坐在那里工作的机器人猛地站起来，用非常有力的双臂紧紧地抱住了我。正在这时，瓦伦迪奇趁机也冲上控制台，并迅速地从控制台上拉出了一块集成电路薄板。顿时，房间里变得一片昏暗，机器人立即丢开我，向瓦伦迪奇冲去。同时，在他后面又出现了四个机器人。瓦伦迪奇知道自己已无路可退，就将薄板扔给我，说了声：“快下去！”就被机器人抱住了，我狠了狠心，紧紧抱住这块薄板，翻身跳下控制台，逃进了我们的房间。

胜利并没有给我们带来更大的快乐，因为瓦伦迪奇从此没有回来过，我们都沉浸在思念难友的悲痛之中。两天后，瓦伦迪奇却突然出现在我们的房间门口。没多久，奥利弗和我渐渐地发现瓦伦迪奇已发生了变化。特别是第二天，当我们发现控制台又开始工作和保存在路易莎身边的那块薄板不翼而飞时，才弄清楚站在我们面前的瓦伦迪奇，原来是一个机器人。我们愤怒地将它击倒在地，聪明的奥利弗对它做了一次手术，于是这个机器人便听从我们使唤了。奥利弗还给它起了个名字——菲克。

为了生存，我们又和飞碟的机器人进行了斗争。在战斗中，路易莎不幸死在机器人的金属棒下，我和奥利弗怒不可遏地扑向那个机器人，终于把它彻底砸毁。菲克根据奥利弗的命令冲向控制台，正要拔掉能源储存装置的插头时，空中突然响起了一个沉闷的声音："不要拔，否则我们将同归于尽！"原来，这是不露面的飞碟的主人——宇宙人，在紧急关头与我们对话了。我们和宇宙人谈判的结果，他们放出了瓦伦迪奇，又救活了路易莎。我们在海底经历了惊心动魄的五昼夜，终于胜利地回到了陆地上。

《科学文艺》，1980年第4期

飞狗阿灵

王棣平　张亚祥

蓝天白云，峰峦叠翠。一幢白色的楼房深藏在丛林中。楼房的拱形大门上挂着一块"遗传工程研究所"的牌子。

在研究所的一架电视屏幕上，忽然出现了一架鲸式飞机，从飞机上投下一顶降落伞。一个头戴橙黄色飞行帽、身穿绿色服装、脸上长满大胡子的人，慢慢地飘落在河对岸的树林里……

一条叫阿灵的大黄狗，一边"汪汪汪"地叫着，一边眼珠朝着电视屏幕机灵地转动着。鬓发斑白的老教授说："看来捕捉三号的任务，要由阿灵去执行了。"他拿出一卷微型胶卷，在阿灵眼前晃了一晃说："阿灵，别忘了在三号身上取回这种微型胶卷。"阿灵飞快地冲出了研究所大门。

三辆摩托车在一条盘山公路上疾驶。第一辆摩托车上的一个头戴橙黄色运动帽、身穿绿色衣服的人，立刻引起了阿灵的注意。它飞快地赶上了第一辆摩托车，并纵身跳了上去。这时，驾驶摩托车的小华赶紧刹车，阿灵立即张开翅膀，叼着小华飞上了天空。在空中，阿灵将小华凌空翻了个身。阿灵瞳孔里出现了小华白白圆圆的面孔，同时又出现三号满脸大胡子的面孔。阿灵失望地摇摇头，将小华放在树林中的一块空地上，自己继续去寻找三号。

阿灵在空中飞行时，又发现了一个头戴橙黄色飞行帽的人。那人走到三岔路口，从怀里掏出一个橡皮人，放在嘴边一吹，橡皮人立刻变成和真人一样。他脱下自己的衣服、帽子，穿戴在橡皮人身上，然后将它靠在一棵树旁，使了一个“金蝉脱壳”计。

阿灵追到那里，就向那个橡皮人猛扑过去，剥开它的衣服，没有找到微型胶卷，此时才知上了当。后来，阿灵在山顶上发现了三号。他与三号展开了一场激烈的搏斗，并将它顶下了深涧。最后，阿灵从三号的眼珠里取出一卷微型胶卷，送到老教授手里。

原来，三号是一个专门为训练狗而制造的机器人。

《美术剧本选》，中国电影出版社，1980年12月

歌星的陨落

王国太　吴嘉甫

矗立在克尔曼市中心的爱普鲁剧场突然倒塌了。据警方统计，死亡人数达626人。华格纳市乐团的第一歌星玛丽小姐，也在这次事故中不幸遇难。灾难是在她的独唱音乐会进行到15分钟的时候突然降临的。

谁都知道，这座世界第一流的剧场是根据当代建筑权威费尔道斯教授的最新建筑理论建造的。建筑学家们曾经断言：它的牢固性与抗震能力是不容置疑的。为了慎重起见，克尔曼市的检察长阿巴斯先生还是专程拜访了费尔道斯教授。教授断言，从剧场倒塌的情况看，根本不是设计上的问题所引起的。那么，是不是发生了地震呢？当然不是！国家地震局已明确告诉阿巴斯，克尔曼市最近根本没有发生过地震。

阿巴斯那鹰一样的眼睛，不时地打量着办公桌上的现场记录报告："剧场倒塌时间：6月5日晚20点45分……倒塌时没有听到爆炸声。巡警都在场外的岗位上，没有发现任何可疑的人接近剧场。"他几乎绞尽了脑汁，还是没有看到层层迷雾之外的一颗希望之星。

晚饭后，阿巴斯坐在房前的葡萄架下，闷闷不乐。他的妻子正在给小儿子讲解收音机调频的原理："利用共振的原理，使接收频率与电台的发射频率相同，收音机的声音就清楚了。"共振能不能毁掉一座剧场呢？阿巴斯像在茫茫黑夜中突然看到了一线光亮。

阿巴斯来到了费尔道斯教授的家里。"请问，共振最大能产生多大的力量？""无穷大，如果共振不断持续下去的话。事实上，没有任何物体能经受住长时间的震动。"教授回答说，"两个物体如果振动的频率相同，其中一个发生振动，另一个就会发生共振。"可是，教授却矢口否认剧场是由于共振而倒塌的，"当时只有玛丽小姐一个人在歌唱，歌声的能量远远不足以造成这么强烈的共振。除非有人存心去加强它的振荡——而这是绝不可能的。因为除了我，谁会知道这个建筑物固有的振荡频率呢！"

第二天早上，阿巴斯的助手从玛丽小姐的遗物中找到了一张小条子，上面是一行用英文打的小字："玛丽小姐，不要唱得太高，上帝不喜欢骄傲的人。"为了寻找写这张小条的主人，阿巴斯拜访了玛丽小姐的丈夫、华格纳市乐团的指挥安德逊先生。安德逊办公室墙上的一张表格，引起了阿巴斯的注意。表格中，从上到下排列着20多个歌星的照片以及每个人的音频和音色质量的等级。其中，二号歌星琼斯小姐的一栏中，画上了一道红线，因为她已离开了乐团。使阿巴斯失望的是，安德逊没有提供任何有参考价值的东西。

当天晚上，阿巴斯又一次拜访了费尔道斯教授。他问："尊敬的教授，人类能不能利用共振呢？"教授说："像小提琴这类弦乐器，就是利用声音的共振，也就是共鸣原理制成的。许多物理仪器，如测震仪、测速仪等，也都是利用了共振原理。”“那么，有没有这样的可能，在远离某物体的情况下，通过人为地加剧它的振动而使它倒塌呢？”“现在很多国家已经研制出这样一种振荡武器，可以使敌方的火车在经过桥梁时，加剧它的振动而使它坠毁。不过，要使它发挥威力必须具备两个条件：一是要知道被摧毁物体的振动频率，二是要求振荡武器本身能释放出巨大的能量。”阿巴斯听着教授的这些解答，真如一把钥匙，使他顿开心窍。

三天后，警方逮捕了本市高能物理研究中心的见习研究员露丝小姐，宣布她是造成爱普鲁剧场倒塌的罪魁。阿巴斯代表检察机关提出公诉：“被告并不叫露丝，而是五年前华格纳市乐团的二号歌星琼斯小姐。由于玛丽小姐的音乐天才，使这位琼斯小姐在演唱中相形逊色。由于妒忌，琼斯小姐离开了这个乐团，来到了克尔曼市高能物理研究中心。她知道玛丽小姐千里迢迢来到克尔曼，便盗用了研究中心的高能振荡器，在玛丽小姐演唱到高潮的时候，造成了剧场的强烈共振，在这座第一流的剧场里，演出了一出世界罕见的悲剧。”

紧接着，阿巴斯公布了具体的罪行事实“……看到了被告写给玛丽小姐的威胁信以后，我们才明确剧场的倒塌是一桩人为的破坏。安德逊先生墙上的那张表给了我们一个启示，作案者可能是利用了玛丽小姐的歌声作为产生共振的震源。接着，我们了解到琼斯小姐对于玛丽小姐的妒忌以及由妒忌发展而成的怨恨。可是，她现在在哪里呢？她是用什么方法作案的呢？感谢费尔道斯教授给了我们极大的启示。他不仅使我们知道了利用共振武器远离振动物体作案的可能性，而且使我们认定，如果这样，罪犯就不可能远离剧场，并且有一台高能振荡器。为了寻找这样一种仪器，我们来到了高能物理研究中心，在那里遇到了露丝小姐。我一眼就认出来了，她就是安德逊先生的办公室墙上贴着的那张照片上的琼斯小姐。她所在的研究室主任也立即查明，他们实验室作为振荡器能源的高压原子电池，最近损失了很大的能量，这些能量足以将一座剧场摧毁。振荡器损失能量的时间又恰好与剧场倒塌的时间相吻合。经过费尔道斯教授的反复验证，高能振荡器的发射频率与玛丽小姐的声带频率和剧场的固有振动频率完全相同。”

在事实面前，露丝供认不讳。她不无痛苦地说：“我的本意只是想毁坏玛丽的声带，万万没想到，她的声频竟与剧场的固有频率相等，从而造成了我意想不到的灾难，不但使玛丽小姐遇难，而且使600多位观众丧生。我向这些九泉之下的阴灵忏悔。”

《我们爱科学》，1980年11月号

地下魔影

王金海　戴　山

中国科学院的一支小小的考古发掘队，进入新疆塔克拉玛干大沙漠，已经是第三个昼夜了。他们乘坐“跳跃机”在这荒无人烟的漠地前进着。这支由廖帆远教授率领的五人考察队，正在揭开一项考古之谜。

发掘队用地下图像仪在伊吾路附近的沙漠上探索着，由于没有找到一点线索，队员们不免有些焦急。蓦地，“跳跃机”车厢里的收发报机指示灯闪亮起来。蔡梦泉戴上耳机，向廖教授报告：通讯卫星发现一艘形迹可疑的飞船，飞近我国国境后突然失踪，科学院估计这与发掘队的这次行动有关，希望引起警惕。

中午时分，他们来到一座大沙山下，只见这座金字塔形沙山的坡面和脊梁都很明显。他们向山顶进发，在山顶附近有一座坟墓，蔡梦泉用地下图象仪测定，发现坟墓下面有个较大的洞穴。莫非这就是他们要找的密洞，大家都兴奋起来。可是何处是洞口呢？廖教授等人都想到墓碑，他们一起把墓碑拔出来，果然发现了洞口。

他们下洞走到斜坡尽头，眼前展现出一条石梯，沿着石梯走到一个石室，终于发现了一座古墓，其中有一口金棺材，还有许多随葬品。他们从墓中找到的墓志知道，这是一座唐墓。最使他们高兴的是，上署名“孙奇获黄金城立碑铭志”。寻找古代沉沦沙下的黄金城，正是他们此行的任务。此时，墓室左右墙上显现出佛教故事的壁画，色彩竟会瞬息万变。有人提出疑问：前后墙为何没有壁画？廖教授走近前墙，用激光针挑着墙角，竟卷起一层薄膜，揭去薄膜后，墙上金碧辉煌，原来是一幅用金线勾描的巨型壁画。壁画展示出黄金城的所在地。廖教授分析黄金城就在附近，吩咐蔡梦泉向院部报告。然后，他们退到上面宿营。这天夜里，蔡梦泉在帐篷外掉进了枯井，在救援他时，终于发现密洞就在枯井下。

科学院根据他们的报告，派来一艘地下飞船，从密洞入地寻找黄金城。在向地层前进中，他们发现有个移动的黑影时隐时现，不由得引起廖教授的警惕。他们在通往黄金城的通道中，又和一群恶魔遭遇。原来那艘在国境线上消失的飞船，地下移动的黑影，就是这群恶魔乘坐的“黑魔号”地下飞船。“黑魔号”队长掌握着到黄金城的路线图，这是他的祖父从中国千佛洞五道士手中抢去的。

廖教授等被这群魔鬼掳到“黑魔号”中，后来乘恶魔们内讧，消灭了他们，并从“黑魔号”队长手中得到路线图。因为飞船被恶魔们破坏了，他们就座“黑魔号”向黄金城进发。当驶向第九十九座洞穴时，荧光屏上显现出一座巨大的洞穴，里面有一座城，城里闪着金光，连干涸的护城河也是用黄金砌的。他们进城后，只见从城墙到一切建筑物，都是用黄金铸成的，地上堆满了金豆，从一只大金钟的铭文上，他们知道这黄金城是建于公元前1世纪的西汉。

大家热烈地相互祝贺胜利，廖教授不禁为找到祖先的伟大创造而热泪盈眶。

《冰下的梦》，海洋出版社，1980年12月

海底怪蟹

王金海

《海洋》杂志社约我写一篇通讯，报道海底农药厂的生产情况。海洋研究所派智能机器人“海农-3号”协助我完成采访任务。我头戴人工鳃面罩，身穿海豚型潜水服，脚蹬蛙蹼，跟随“海农-3号”潜入了海底。

“海农-3号”的模样有点像画家张乐平笔下的“三毛”：圆圆的脸蛋，大大的眼睛，光溜溜的脑袋上矗立着三根短天线，它的一双芭蕉扇似的手，拉着我在海底行走。当我们穿过一片海底森林时，我发现前面坑坑洼洼的小丘上，横卧着一个白底蓝花的特大瓷瓶。我好奇地朝瓶口里张望了一下，突然，一条大章鱼从瓷瓶里窜了出来，伸出两只长脚朝我的颈脖勾来。在这千钧一发之际，只见两道红光。击穿了章鱼的圆脑袋，多亏“海农-3号”把我从险境中救了出来。

“海农-3号”指了指前面一个地方说：“那里就是海底农药厂。”我走近一看，什么也没有看见，只见海底的泥沙中有许多像蚕的小动物在蠕动。我好奇地问：“这是什么动物？”“海农-3号”说：“这叫沙蚕。在沙蚕的表皮中有一种毒素，经过加工可以制成一种高效低毒的农药。”这下我恍然大悟：原来沙蚕是海底农药厂的原料。

这时，“海农-3号”从口袋里掏出一只火柴盒般大的自动开关控制器，按了一只红色按钮。不一会儿，一只足足有五层楼高的怪蟹向我们爬了过来，头上瞪着两只绿莹莹的大眼睛，身体的两侧耸立着两排巨爪，最前两只大钳像大吊车的吊臂，高高悬起。一瞬间，绿眼睛变成了红眼睛，从怪蟹的背壳里爬出了许多小蟹，络绎不绝地爬到泥沙地上来，小蟹的长钳对准沙蚕，敏捷而准确地将沙蚕夹住后，“刷”地一下塞进巨蟹的扁形大嘴里。一眨眼，小蟹的绿眼睛变成了红眼睛，于是它们立刻转身爬到怪蟹的背上。“海农-3号”笑嘻嘻地对我说：“这只巨蟹就是海底农药厂。生产的全过程全部由电子控制，那些小蟹是厂里的采购员兼搬运工，负责将捕捉到的沙蚕送到巨蟹里进行加工。”说着说着，忽然，从巨蟹的肚皮底下落下了一个个的白色“蟹蛋”。“海农-3号”连忙解释说：“这就是已经包装好的农药。”不一会儿，“蟹蛋”已经堆积如山，一条鲸鱼迎面而来，把我们和“蟹蛋”一起吸进了它的肚子里。当我清醒过来时，发现原来这是一艘鲸式运输船，是专门用来运输农药厂产品的。

海底农药厂竟如此奇妙，我就写下了这篇采访稿《海底怪蟹》。

《幼芽》，1980年第1期

怪岛探秘

王金海

“陈浩不幸猝死，‘鬼魂’连夜袭扰，速派人救援。——黄舟”。地质局局长章志朋收到这封不祥电报后感到问题十分严重。

不久前，国家地质局派出“海鹰”号勘探船，到AB海区的流沙群岛进行地质勘探。在返回海州市的途中，勘探船遇到海中喷出的一股足足有几十层楼那么高的蒸汽柱，就像节日夜晚喷射的焰火那样，从半空中洒落下许多红棕色的浮石。当“焰火”停息时，从水下缓缓升起一座小岛，闪射着奇丽的紫光，宛如一颗巨大的宝石镶嵌在黑丝绒般的夜幕上。陈浩马上取出照相机，对准小岛拍摄了几张照片。在勘探船返抵海州市后，陈浩和黄舟向章局长作了报告。令人惊愕的是，陈浩拍摄的照片，除了几根曲线以外，找不到小岛的一点影子，侦察卫星拍摄的怪岛照片，也同样是几根莫名其妙的曲线。这件事引起了地质局领导的高度重视，他们立即组织一个小组去怪岛考察，由陈浩和黄舟打前站。没想到去了才三天，就出了问题。为了弄清这意外情况，地质局派出了以杨明教授为主的接应小组。

一架飞机载着杨明和他的助手李彬、陈浩的妻子艾列娜向怪岛飞去。飞机平稳地降落在岛上，一行三人迅速穿好防护衣，鱼贯地步出机舱。岛上一片寂静，他们正待整装行进时，忽然发现有个黑影朝他们奔过来。“谁？”杨教授大喊一声，一束光柱朝“黑影”射去，那是一个身高2米、上身裸露着一对像葫芦似的肥大乳房、下身用尼龙风雪衣裹着的怪人。他大声哭喊着：“杨——教——授——！”

那“黑影”正是黄舟。黄舟的这副模样使他们不敢相认。后来，杨教授说：“这是一种罕见的巨人症，是由于人体内的内分泌失调引起的。”“那么，是什么原因导致他内分泌失调的呢？”李彬问道。“这是个谜啊！不过我们总会弄明白的。”杨教授继续说，“在西印度群岛有一个小岛，岛上的居民长得特别高，科学家后来发现这是由于岛上的一种放射性物质引起的。现在，我们还是先安顿下来吧！”他们跟着黄舟来到一个避风的凹地，凹地里亮着一盏冷光灯，中央放着一堆仪器。杨教授拿出一只银色皮囊，“嗞”的一声，一座充气帐篷竖了起来。

在帐篷里，杨教授轻声地问黄舟：“陈浩呢？”黄舟把大家领出帐篷，用铁锹小心地将雪堆刨开，露出了陈浩的遗体。“陈浩！”艾列娜尖叫一声，扑倒在亲人的遗体上。杨教授拉着黄舟问：“陈浩是怎么死的？”

“那天，我和陈浩刚抵怪岛，就在海边搭了一个帐篷，性急的陈浩连防护盔也没戴，就说先出去侦察一番。后来，天气突然发生变化，下起了大雪，我正想去给陈浩送衣服，他从外面跑了回来，说在不远的山丘上，发现有一束紫光像喷泉似的从地下冒出，地上还有一条裂缝，十几分钟以后，紫光消失了，地上那条裂缝也不留痕迹地合拢了。接着下起了大雪，这地方也被大雪埋没了。由于恶劣的天气，我们无法出去，当夜只得睡下再说。第二天早晨，我匆匆穿上衣服，可是用力一蹲，衣缝全都挣破了。一夜间，我似乎长高了、长胖了。我叫陈浩赶快起床，一连叫了几声，没听到他答应，走近一看，发现他已经死了。后来，我就把他埋在帐篷附近。深夜，我从睡梦中惊醒，发现陈浩站在我床边，我高兴得从床上跳了起来，抱住陈浩，一股逼人的凉气扑面而来，我明白了，陈浩并没有复活，我只得又将他埋在原来的地方。这几天夜里，又接连发生了这样的情况，难道真有'鬼魂'吗？我赶紧往局里发了电报。"

杨教授听了黄舟的介绍，决定马上回海州，再决定下一步的行动方案。

杨教授一面对陈浩的遗体进行剖验，一面将黄舟带到DNA测验室。经过检查，发现黄舟大脑皮层中的记忆脑区，有一种被某种不知名的射线照射过的痕迹，这使他患上了一种"间歇性失忆症"，其症状同梦游相似。他在失忆时把陈浩的遗体抱入帐篷，一旦记忆恢复后，对抱入陈浩遗体一事又毫无印象。这样，"鬼魂"之谜便迎刃而解了。黄舟身上的内分泌失调也正是这种射线强烈刺激的结果。这时，陈浩的法医鉴定书也送来了，诊断结果证明是由于受到某种射线照射，诱发心肌梗死而死亡。

为了解开怪岛上的未知射线之谜，杨教授一行三人再度来到小岛上。李彬提着地下图像仪，探寻陈浩曾经发现的那条裂缝，突然发现在地下100米处有一个相当大的洞穴。他们立刻乘地下飞船进入了地下洞穴，只见洞里一团团紫雾向飞船飘来，一眨眼，紫光消失。一群披头散发的猿人展现在三人面前，它们正围着篝火在烤一头野鹿……不一会儿，猿人、篝火也消失了。"这是人的幻觉，还是什么？"李彬低声自语着。杨教授说："会不会跟未知射线有关？这种未知射线可能具有一种特殊的'录像'本领。"后来，他们在洞里找到了一种"红宝石"样的矿物，它能发出耀眼的紫光。怪岛之谜终于揭开了。原来这种"红宝石"样的矿物是一种"类铅”的新元素，能放射出一种射线，这种射线有一种非凡的折光能力，以致照相机无法拍下怪岛的影像。它发射的射线还会破坏人的内分泌系统，导致间歇性失忆症和体态畸变。但它能杀死癌细胞，可用于原子能发电站，是一种为人类造福的宝贝！

《大众科学》，1980年第2期

鹿角宾馆奇案

王金海

市公安局女驾驶员刘芳驾车转入僻静的海珠支路时，突然，一个黑影迎面奔来！刘芳连忙紧急刹车，只见一个满脸是血的人，嘴里呼喊着：“医院……”刘芳跳下汽车，见他已昏倒在地。当公安局刑侦科科长李智侠赶到急诊室时，受伤者因流血过多已经死亡。

法医研究所罗林教授接到报告，决定亲自验尸。他掀开尸体上的白布，发现死者竟是刚从B国访问归来的于普教授！他清楚记得，昨天晚上在鹿岛还听过于普教授关于“人类克隆展望”的学术报告。报告中曾谈到一件有趣的事：B国有个百万富翁在他的老同学、合作者詹金斯和珀克的帮助下，根据于普教授创立的遗传学图像，创造了一个跟那个富翁本人一模一样的婴儿——第一个人类克隆，引起了到会者的极大兴趣，因而会议开到很晚才散。罗教授离开鹿岛返回海州市时已11点钟，难道于普教授是在散会后一小时被谋杀的吗？那么，为什么现场不在鹿角岛，而在离鹿角岛80海里的海珠支路呢？

罗教授经过对尸体的检验，在其前额找到一颗口径为0.23微米的弹头。这颗小小的弹头竟有半斤重！它的成分决非一般的金属，可能是一种超密度的物质，于是，他立刻将弹头送冶金研究所鉴定。

一阵急促的电话铃声后，鹿角宾馆的服务员报告，他今天早晨发现906号房间的于教授失踪！

李科长赶到现场，发现橱门敞开，一只黑色皮包落在地上，四周有散落的纸张和玻璃碎片。从这些痕迹看来，显然，于教授和凶手是经过搏斗的。奇怪的是房内没有发现血迹或凶器。那么，身负重伤的于教授又怎么“飞”到海州市的海珠支路去的呢？正当他们大惑不解、准备向内间走去的时候，忽然，罗教授气喘吁吁地跑来，一把拉住李科长：“千万别进去！”罗教授从怀里掏出一支葫芦形手枪，对准房间开了一枪，只见里间布满了白色雾幛，有一个人影躺卧在床上，“他”仿佛被什么惊动了，霍地从床上坐起，继而跳下床朝房门奔逃。刚跑几步，他便跌倒在茶几上。“他”忍痛跃起，扑向壁橱，又一次被推倒在地。然后，“他”仿佛被“人”抓住拖到窗台上，然后从窗口处消失……

李科长惊奇地盯着葫芦形手枪，罗教授介绍道：“它叫显影枪，是侦察科学研究所的最新产品，刚刚送来让我们临场试用。它不需要把热像摄到特殊胶卷上，当场就能显影，并且在案情发生后的24小时内有效。这种白色雾幛，就是喷射出来的白色粉末——显像剂。好吧，现在不是研究显影枪的时候，快进去勘查现场吧！”

进入现场，发现窗台上留有于教授的脚印，李科长随即打开窗户，蓦地，惊叫起来：“是它，UFO！”连忙伸手将窗户关上，但来不及了，他们被一阵神秘的气浪击倒在地。过了一会儿，他们挣扎着从地上爬起来，记得刚才他们躺卧的地方，站着两个怪物，可能是杀害于普教授的凶手！

罗教授忽然想起了已经送到宇宙冶金研究院去化验的那颗弹头，因为只有确定弹头的金属元素，才能知道它们是从哪个星球来的。

化验报告送来了，子弹头含有247号金属元素，这种元素只有A星球上才有，那个怪物一定是A星上的来客。

女驾驶员刘芳带着重要的消息赶来报告：“一小时前，B国的詹金斯教授听到他的合作者于普教授遇难的消息，马上坐激光飞行器赶来，现在忙着去跟于教授遗体告别。据他说：他们的另一个合作者珀克教授也遭到星际人的劫持而受了重伤。”大家明白了，它们先后劫持的都是国际上有名的人类克隆专家，星际人大概打算把他们劫持到A星球去，为他们进行人工克隆。

刘芳接着说：“詹金斯教授已经知道我们对弹头的化验结果，是247稀有元素，并肯定不速之客是来自A星球，这对他们研制‘W型磁性飞行器’有重大的作用。所以，他代表B国科学院邀请罗教授和李科长立即到B国去共同完成‘W型磁性飞行器’，准备粉碎星际劫持者的罪恶阴谋，并以此表示对死者的悼念！”

《个旧文艺》，1980年6月号

船长被饶恕了

王亮晃

阿拉在银河系的一个行星上，建起了一座规模宏大的动物园——电子动物园。每当向别的星球跨越一步时，他总忘不了带着电子捕捉器，到那里去捕捉一些新颖有趣的动物品种。

电子捕捉器像一只巨大的蜘蛛似的，有八只可随意活动的金属爪。它还装有激光探测器、电脑控制器和神经麻醉仪等。任何动物只要被它发现，便再也无法逃脱了。

因为动物园里的动物品种已经很多了，于是阿拉就在电子捕捉器上配置了一种特殊的、非常敏感的测智仪，使之择优选捕，只抓捕聪明伶俐的动物。

一次，不知来自哪一星球的一艘飞船来到了这里。船长被电子捕捉器捕捉动物的情景吓呆了。他正想逃跑，不料已被电子捕捉器发现了。一连跑了三个多小时，也没摆脱电子捕捉器的追捕，到头来，船长还是束手被擒了。

船长暗想："这下可完了！"他感到自己正在被检查，他闭起双眼，等待着死亡的来临。但结果却是一场虚惊，电子捕捉器放开了他，并渐渐远去了。原来，这是因为船长没有达到智能水准的要求。

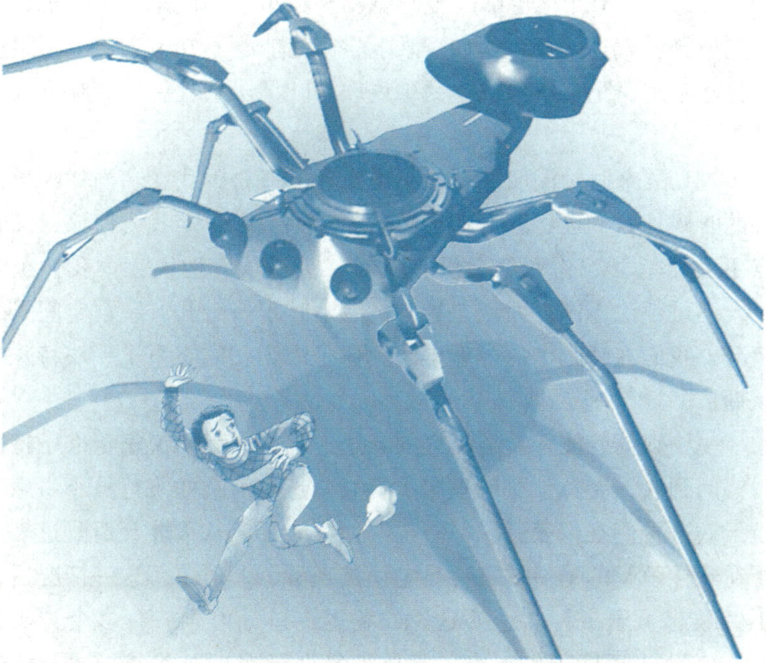

这究竟是怎么回事呢？船长想追上前去，弄个明白，但可怕的念头立即涌上了心头。于是，他只得怀着疑虑和恐惧离开了这里。

《科学天地》，1980年第1期

海豚牌软糖

王琴兰　王　沂

暑假期间，我和爷爷——一个研究所的副所长，乘宇航局的“太平”号空间渡船，到太空去旅行。

我这个人有个老毛病，爱睡觉！坐火车、坐汽车、坐飞机都是不到五分钟就进入梦乡。如今乘上空间渡船，不知不觉，上下眼皮就打起架来，把爷爷给我吃的一块软糖吐了出来，一口气睡了八个钟头。

等我醒来时，同船的一位小说家和爷爷告诉我：“当你睡得正香的时候，我们已经在月球上散步半个钟头了。”我既懊恼，又有点不大相信，“你们怎么没有睡？”爷爷认真地说：“我们也睡了，不过睡法不同。我们是神志清醒地睡了一会儿，宇宙空间里的情况，我们在睡眠中照样看得清。这是因为我们吃下了一块特殊的软糖。”

一块软糖就能牵着瞌睡虫的鼻子走吗？我和小说家正准备打破砂锅问到底，突然，机舱里出了事故：正在值勤的飞行员小牛患了航天病，昏倒在仪表旁。爷爷说，他可能要七八天才会清醒过来。正在轮休睡觉的另一位飞行员老马被唤醒了。他了解这一情况后，不禁皱起了眉头：“这就是说，我得一口气值勤一百多个钟头，万一值勤期间打呵欠，出了事故可怎么行啊！”爷爷掏出一块软糖，对他说：“只要你吃下这块软糖，一定能坚持到底！”

八天过去了。自从吃了那块软糖，飞行员老马和我们一样，八个昼夜都没有闭上眼睛，始终守护着导航仪表。在这八个昼夜中，我也一直没有放松学习和观察，而那个小说家则一直没有停下笔杆，他平均每天要写一万字，共写了八万字。

直到这时，爷爷才开始给我们讲这种软糖的来历：爷爷研究过几百种哺乳动物的睡眠，其中最有意思的是海豚。不管白天黑夜，它总是在水上游来游去，从来不知疲倦。原来，海豚的两个大脑半球是轮流上、下班的，当这一半球处于睡眠状态时，那一半球就醒着，每隔一刻钟左右，它们换一次班。而人的大脑两半球是同时

上、下班的，所以一睡下去就肌肉松弛、神志不清。爷爷经过长期努力，终于从海豚身上提取出一种“脑半球睡眠调节激素”，制成了一种适用于人类的脑半球睡眠调节剂。然后利用这种药剂制成软糖，取名为海豚牌软糖。每服一次，调节期为八天。八天之内，人们可以睁大眼睛睡觉，八天以后，人们还可以恢复原来的起居习惯。

听到这里，小说家最为激动，他以海豚牌软糖的故事为素材，一气呵成，写了一个短篇小说。

《科学时代》，1980年第1期

夜游记

王琴兰　王　沂

孙悟空随唐僧取经之后，又回到花果山，不觉已过千年，那时正值20世纪末期。

是日无事，孙悟空忽动游览之念，道别众猴儿，一个筋斗，竟来到钟山脚下。他唤来当地土地，盘问有何玩耍去处。土地禀道：此去不远有一大楼，闻常有鬼火闪闪，骷髅跳跃，夜间入内有去无还。大圣听罢勃然大怒，决心除此妖魔。

孙悟空来到大楼，遇见入内探险的孩儿报告，七楼之上绿光闪闪，两具骷髅见人即手舞足蹈。大圣飞上七楼，见三个木笼内各关着一具绿光闪闪的骷髅，细看之下，竟是花果山失踪的三头猿猴。悟空忙问为何落此地步，猿猴禀道：它们出花果山贪玩迷路，被一队人马捕获，关在此地已近半月，每日有一白衣老者带弟子10余人对它们作研究。此时东方已白，猿猴要悟空杀了白衣老者，救它们归山。不久白衣老丈坐汽车来到，悟空上前责问：汝为何人。为何捆住我花果山三个孩儿？老丈从容一笑：我是生物所季教授，请至楼下，容我细说分明。下得楼来，悟空问道：昨夜分明是三具骷髅，如今为何又变为三只猿猴？季教授指着室内养的萤火虫说出其中奥秘：萤火虫尾部含有发光细胞，其中包含荧光素、荧光酶、线粒体等物质，在氧气作用下，它们产生化学变化，可将化学能直接转化为光能。据此原理，我们制成人造发光细胞。悟空问，这种发光细胞有何用处？季教授道：用于光学、化学、医学、生物学诸方面。这三个猿猴吃了人造发光细胞，立于暗处即通体透明，可检查全身骨骼、五脏、头颅、血管、神经等有否病变。悟空至此方才明白，忙问道：照你们观看，我那三个猴儿可否健康？季教授说，老猴患食道癌，两只小猴患肝癌。悟空不甚明白，季教授带他到楼上拉上窗帘，黑暗里木笼中复现骷髅，经教授指点，悟空方知猿猴身上的肿块即为致命的癌症，不禁佩服季教授神通广大、法力无边。此时三猿猴已经惊醒，尖声叫道：大圣救我，快杀了这老头！悟空厉声喝道：休得无礼，你等若回山便是死路一条，唯有科学家能救你等性命，还不赶快拜谢老教授！猿猴听罢纳头便拜。季教授好言相慰：你等为完成人造发光细胞的试验，助我人类一臂之力。现试验成功，明日便请三位去肿瘤研究所，除却千年遗患，然后用直升机，送诸位返回洞府。语毕，仨猿猴欣喜若狂，孙悟空咯咯大笑。

《科学天地》，1980年2月号

拳击场外的幽灵

王润生

“拳王”琼斯和杰桑正在进行一场引人注目的比赛。在关键时刻，琼斯的眼睛突然发生了暂时性的失明，因而被杰桑击败。

女记者嘉妮安慰琼斯，并向他询问：为何在关键时刻愣住而反胜为败？琼斯告诉她，当时由于双眼发黑，什么也看不见。半个月后，在嘉妮的鼓励下，琼斯向杰桑挑战，再次比赛。情形和上次一样，开头几场琼斯占上风，在关键时刻他又愣住而被杰桑击倒。

10天后，他们举行了第三场比赛。杰桑还是在开头几场打得被动，第五场开始，当观众席最后一排座位上也坐上了人时，他便凶猛地发动进攻。但这次杰桑被琼斯击倒了。他迅速地爬起来准备再战，然而他一看后排的那个座位空了，不胜惊恐。杰桑又被琼斯击败了。

嘉妮告诉琼斯，她了解他第一次失败的原因后，觉得可疑，便暗中请特别技术侦探罗沙来帮助。罗沙在光学家希尔教授的支持下，在第二次比赛中发现末排座位上坐着的人一拿出望远镜看比赛，琼斯就发愣，继而被击倒。原来那个人是杰桑的表兄，他偷偷地使用希尔发明的飞光发射器，使琼斯暂时失明。在第三次比赛的时候，杰桑又企图这样干，侦探把杰桑的表兄逮捕了。

《科学时代》，1980年第6期

小娅茹旅行记

王升亮

暑假中，乌兰牧场小学生娅茹正在家中写假期活动计划，突然一部气垫车开来把她接走了。司机只给她妈妈留下一张条子，说把娅茹接到她最想去的地方。

司机是个哑巴，在路上自然一言不发，到了新华市，把娅茹送到她爷爷家中。堂姐娜仁和堂兄大炮把她迎了进去，告诉她司机是个机器人。第二天他们去图书馆借书，图书馆全部自动化。后来她跟奶奶去买菜，菜市场也全由计算机控制的机器人担任服务员。

一天晚上，奶奶冠心病犯了，娜仁送一个小盒子到医院去给奶奶看病。原来小盒子是个微型磁带机，把奶奶的心肺情况都录下来，到医院交给计算机就可以诊断开药。不料回来后娅茹把药搞错了，奶奶吃了不舒服。她叫娅茹赶快打开阳台门。奶奶按了床边小钮，一个透明罩子把她俩罩起来，奶奶再按另一小钮，她们就被连床射出阳台，飞到医院去。原来这个床是爷爷设计的飘行舱，奶奶犯病家中没人的时候，她只要按动按钮，飘行舱就会按预先的指令飞到医院去。晚上娅茹担心奶奶的病，如意电视机应她的要求给她播了奶奶在医院的情况。爷爷回来了，带一个小机器人铁蛋来帮助三个孩子学习、下棋。

娅茹要求去参观爷爷的实验牧场。三个小孩坐飘行舱到了牧场，看到了气候模拟室、挤奶的铁牛、气象飞机、五彩羊、五彩骆驼等新鲜东西，还在综合农场骑老虎比赛。这里的老虎、狮子也是吃素的，和牛羊相处得很好。

回来后，他们商量到月亮去玩，偷做了去月亮的指令给飘行舱，但他们上天后被航天交通局抓了回来。他们又去参观玩具工厂，都是机器人在劳动。后来爷爷又通过和外国人交谈及科研活动，告诉他们电子计算机的原理。

娜仁接到邀请，准备去海王星参加游渡星空比赛，娅茹也想去，爷爷给她订了票。启程之前，乌兰牧场通知娅茹赶快回去，因为她妈妈不知道此事，急得要命。爷爷审问机器人为何自作主张把娅茹接来，机器人说，它听到爷爷奶奶常说希望见到娅茹，于是趁外出的机会，就把娅茹接来了。

娅茹就这样结束了这次旅行，又回到家中。

《小娅茹旅行记》，内蒙古人民出版社，1980年4月

G星上的奇遇

王世杰

未来世纪的一个星期天，少年科学宫行星观测室的电子计算接收机，收到来自遥远G星的电信号。经科学院天体物理研究所的方教授等人的研究和鉴别，终于确定这是一种人为的电码，但一时却又无法翻译出这份“电报”的内容！

在向宇和张力的热切要求下，方教授毅然决定和两个少年科学家一起，飞到G星去考察，揭开G星之谜。

当他们乘“未来”号宇宙飞船准备起飞的时候，一个令人不安的消息传来，某大国的两艘火箭飞船也已开赴发射场地，他们要派突击队抢先占领G星！

“未来”号在护航船的陪同下，经过了一场太空竞赛之后，与火箭船同时到达G星外围……

张力首先发现山坡下有一堆破碎的金属物。好像是飞船的

残骸……

方教授举起望远镜仔细观察，确实是一艘遇难的飞船。看样子还是才毁坏不久，得赶快进行抢救！

正在这时候，两个矮小、黑亮的小铁人，一男一女，从科学宫大厅出来。三个人听到声音，回头一看，不禁大吃一惊。张力和向宇悄悄持枪在手，以防万一。谁知两个小铁人一见亮出武器，立即把手一扬。只见两道光束同时射出，张力、向宇手中的武器顿时化为灰烬。

方教授厉声喝问："你们是什么人？！"

两个小铁人答道："我们是G星上的电脑机器人！"

方教授说："我们来自伟大的地球，是来向G星致意的。"

两个小铁人先是诧异，但很快就明白过来了。

"啊，欢迎！欢迎你们啊，地球的伟大使者！"

小铁人带领他们参观自动发报机系统后，正要往科学宫去。突然，几名身穿特种宇航服的彪形大汉，在一个军官的指挥下，持枪冲了上来。这正是地球某大国赴G星的突击队。他们是从第二艘火箭船上下来的。前一艘因降落系统失灵撞毁了。

突击队员们抢到前面把方教授等人包围了起来。那个自称M指挥官的洋洋自得地说："我们是地球上的主宰！也是宇宙的盟友！现在我郑重宣布：今天我们到这里来，是对G星进行保护性看管！G星是我们发现的，当然该归我国所有。你们从哪里来，立即回到哪里去……"

"好一个保护性看管！真是岂有此理！"张力实在听不下去了，他愤怒地斥责M指挥说："你们想来霸占G星吗？妄想！我们决定到这里来进行科学考察，谁也干涉不了！"

M指挥怒吼起来，命令几个突击队员冲过来……

在旁冷静观战的小铁人，这时看清了真相，挡住了突击队的去路。几个突击队员慌忙举起激光枪，向小铁人瞄准。说时迟，那时快，两个小铁人把手一扬，只见几道光束闪射而过，突击队连人带枪变成灰烬。M指挥见势不妙，拔腿逃奔，小铁人把手一指，两道光束同时朝他射去，他随即变成火团。

张力、向宇和方教授连忙向小铁人道谢，两个小铁人羞怯起来："啊，我们不过是电脑机器人。我们的动力来自太阳的光，肚子里附有声音传译装置。而你们是智慧的人类，向地球致敬！向地球上的伟大生命致敬！"

"再见吧，小铁人！"向宇、张力和方教授热忱地向G星机器人告别。

《科学与大众》，1980年第1期

莫名其妙

王晓达

在全国盆景评比会上，出现了一件怪事：两个得一等奖的盆景是一模一样的。这两个盆景的制作者分别是苏州长风仪器厂的孟宗艺师傅和四川航天站的装配工程师祁云。他俩素不相识，从制作时间和地理位置来看，也绝不可能是模仿或抄袭的。那么这究竟是怎么一回事呢？

我从物理学家王凡教授那里得知，他已把这件事列为重大科研课题。我还未弄清楚盆景和物理学有什么关系，就接到"军科社"通知，要我立即去四川的航天站，采访最近的一次航天飞行。

我赶到航天站时，祁志平总工程师正在为儿子祁云偷看保密文件而大发雷霆。当天晚上，我应邀来到祁总工程师的家。总工程师还没回来，但祁云的一席话，却引起了我的浓厚兴趣："四个多月前，我因为踢足球把脚踝扭伤了，注射了一针特效新药“9946”。我一直爱好盆景，平时常抽空构思盆景设计。三个多月前，我参加了一次大气层航天飞机试飞，在飞过华东苏州地区上空时，蓦地在我头脑中出现了一个构思巧妙、意境极好的盆景，得奖作品就这样开始构思创作了。”

我赶紧再问他“文件案”的前因后果，祁云告诉我：“从北京参加盆景评比回来的第二天，我去总装配厂上班。下午，当我靠在座椅上休息时，头脑中出现了一个‘幻象’：似乎我面前有一张纸，纸上有爸爸清晰的字迹，写的是太白-7号将飞往火卫4，除机长、正副驾驶员及三名专业科研人员外，这次航天飞行拟选派一名装配工程师参加。我一心希望能参加这次航天飞行，便要求爸爸支持。想不到竟遭到了一场严厉的斥责，今天还把我盘问了半天。其实我没偷看什么文件。”

总工程师回家了。他告诉我，王凡教授来电说：“孟师傅的女儿孟琪，是在901研究所工作的，她是研制‘9947’主要成分酶X小组的。该组除了‘9947’外，还配制一种对症不同、药理相近的‘9946’新药。”晚饭结束后，王教授又来电，要我和祁云马上乘飞机去苏州。

有趣的是，当飞机到达苏州地区上空时，祁云在飞机上竟预言孟琪在机场上，还绘声绘色地对孟琪的外貌作了一番描述。一下飞机，祁云就准确无误地把我领到了他从未见过面的孟琪面前，这时她和王教授正在候机大厅的休息室里。

在王凡教授的组织指挥下，会同901所和其他单位的专家及科研人员，这项重大课题终于在我们到达苏州的第八天初步完成了。

不久，王凡教授便在国家科委组织的一次大会上，宣读了震动世界的论文《MQ信息及大脑MQ区》。论文提出，客观存在着一种原来我们还不清楚的信息，这种以光速传递、几乎无可阻拦的信息，既非电磁波，也非粒子流，我们命名为MQ信息。在人的大脑中有一个能感受MQ信息的区域，我们称之为MQ区。只不过在绝大部分人的大脑中，这是一个不起有意识反射作用的“隐团”，所以一直不引起人们注意。但有的人这部分区域的功能异常或受到激活，就能接受MQ信息而引起一种感觉反映……

上面发生的一些怪案奇事，就可以用MQ信息和MQ区来做解释。901所在研制酶X时，产生了一批既能激发MQ信息、又能激活大脑MQ区的酶XA。由于MQ信息并不为人注意察觉，所以酶XA就被用来制造新药。注射了这种新药后，祁云的MQ区被激活了，于是产生了对MQ信息的敏感。酶XA只有和生物接触后，才会激发出足够量的MQ信息，并进行传递。另外一些物质，如香皂中的香精、墨水中的盐类、化肥等，也会使酶XA激发出MQ信息。

下班后，孟琪的手上、衣上常沾有酶XA。她每次都在孟师傅浇盆景的水中洗手，于是盆景中就积聚了足够的酶XA，再加上施化肥，MQ信息便散发出来，祁云的MQ区能感受，于是便产生了盆景奇事。

“文件案”则是医生在给祁云打针时，安瓿残液溅到了祁总工程师的笔记本上总工程师写的那一页，由于墨水与残液中的酶 XA的作用，产生了MQ信息，结果祁云就“觉得”了。祁云遥感孟琪也是同样道理。那天，孟琪去机场接人，特意用香皂洗了一阵，结果反而激发了MQ信息。

我和祁云离开苏州时，孟琪前来送行。我依依惜别，祁云却怅然若失。从起飞后，他还目不转睛地望着机场上挥着手帕的婷婷倩影，我明白了他的心事。

《科学文艺》，1980年第2期

冰下的梦

王晓达

澳大利亚捕鲸船“金羊毛”号把我从斯科特岛上救出来，当时我完全冻僵了。当他们从我的梦呓胡话中知道我是中国人后，便把我送到最近的中国南极科学考察站。我终于回到了离开一个多月的“风帆”号科研船。

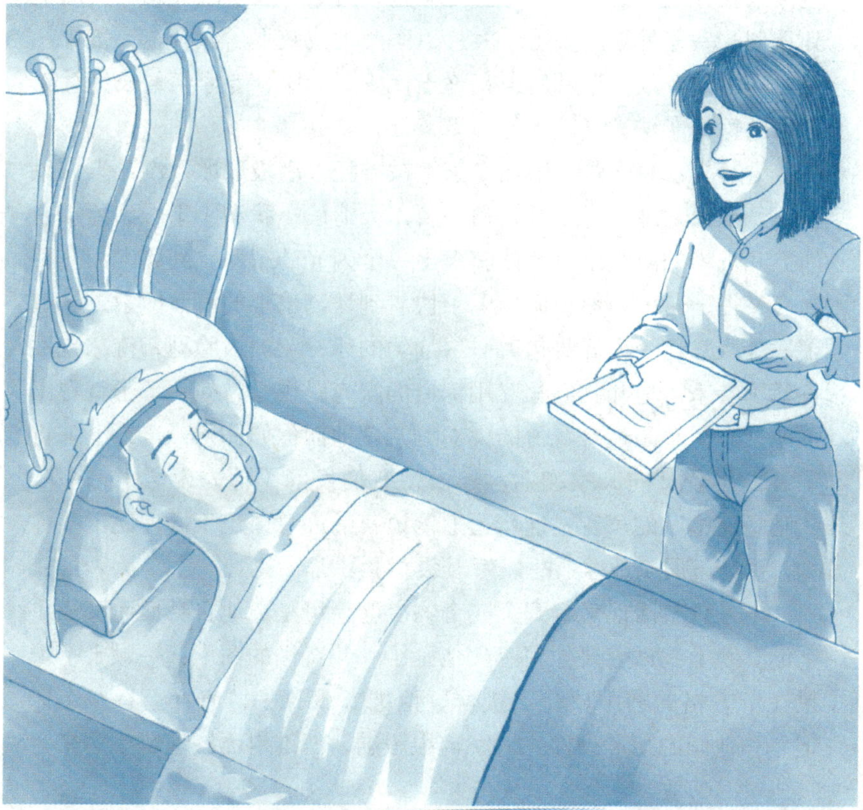

同志们惊喜交集，一个月前他们已给我开过追悼会了。现在他们硬要送我回国疗养，他们不相信我这一个多月的经历，以为我精神失常了。我被送回国时，玲妹在疗养院等着我。

我在鼓浪屿特种疗养院，决定把一切都写下来，让更多的人来判断我的经历……

半年前，我随专家组到北非某国，帮助改进合成水及液氢生产系统。突然太阳黑子异常强烈地爆发，宇宙射线大幅度增强，北非将受严重影响。总统决定外国专家立即离开，但我强烈要求留了下来，由于机器人接受了莫名其妙的宇宙讯号，装置中的核燃料成倍地被激发，强大的快中子流穿透靶室，造成重大事故。我的头部受到重创，头盖骨被削去了一大片，医生为我装上了钛合金头盖骨。靠着药物的奇效，半月后，我终于恢复了健康，专家组组长许总工程师同意我恢复工作。

为解决水源问题，中国专家组被委托去南极取冰，没几天“风帆”号便出发了。过了好望角的第二天清晨，我和小于看到离船右前方几百米的海水中，突然斜窜出一个闪光的东西，到离水面几百米高又往下落去。船长派出电子快艇到怪物出现的海面搜索，捞起了一个人。这个人浑身包着一层均匀的冰，亚洲人脸型，待冰化后竟活了转来。他和我们相互用惊奇的眼光对视着，他一下子就看出焦船长和许总是最有身份的，立刻恭敬地向他们鞠躬，半跪下来行了礼，接着又向大家鞠躬。还没待我们发问，他先说话了，一阵“咕噜蒲噜”的声音，连精通七国语言的许总，也不懂他说了些什么，可能不属于地球上的任何语系。

本来想救活他来解开金属奇物之谜，可是，他自身反而又成了个谜。晚上我试着要他写字，他画了一些奇怪的图形：一颗十字形星在带方格的圆中放光。接着，他把衣服脱了，肩背上有一个印记，和他画的图形一样。大家都很激动，但谁也无法理解。后来，他看到小于的日语课本上的富士山图，精神恍惚地夹着一句日语咕噜起来，最后用日语说“我是中村太郎作”，说完便疲倦地睡去了。以后他再没能说出一句听得懂的话来。

“风帆”号到了南极。我和小于正在冰上拍照，没注意中村跑来，他以极其敏捷的动作杀死了一头海豹。我们回到船上，中村抓了很多鱼和磷虾，用海豹油做了非常可口的杂烩，大家吃得非常高兴。辛医生对我说：中村对这里的环境很熟悉，捉鱼杀海豹的动作很熟练，从脑电波反应看，到这里后一直处于亢奋状态。我们都觉得这事有点蹊跷。

选中浮冰后，我奉命下潜探测，但中村发狂般拉住我不让进入潜艇。后来，他抢在我前面进去了，许总只好让他和我同去。我们顺着浮冰下潜到700米处时，中村指给我看海洋深处一个发光的东西，不安地示意要我上浮，我没理会。突然，发光点快速接近潜艇，中村惊恐万状地向它下跪。我连忙上浮，但来不及了，潜艇被一股异常的力量控制而变形，一股黏滞的液体带着冷气不断地往裂缝中注进来，中村发出绝望的叫声，我失去了知觉。

醒来时，我睡在白色的气垫床上，这个全白的房间神秘古怪。几个穿白衣的人用仪器在我身上检查一番又退出去了。我看到装饮料的杯子上印有熟悉的花纹——中村画的带十字星的图案，不禁提高了警惕。用膳时，我发现那盘杂烩和中村烧的杂烩一个味。看来中村与我目前所处的地方是有一定的联系的。

饭后我被送到另一房间，被牢牢地缚在床上，一台机器开到我的旁边，我的头部被一个罩子罩住，头部发热了。“Strangti！”(奇怪)我听到一个年轻女子说话声，我装睡不响。“你是醒着的！”这回她用中国话说。她见我不响又按动开关，我觉得不能控制自己，好像疯狂一般，也不知道经过多长时间，我终于从这疯狂中解脱出来。我睁开眼睛，只见眼前站着一位年轻姑娘，她那严厉而冷漠的神气令人心寒，她按了一个开关，用坚决的口气说："回答我的问题，张长弓先生！"我大吃一惊。她说："你的29年的情况仪器都录下来了，我问你，你记得π值吗？"我立刻回答，她浮起了一丝笑容。这时仪器上一个信号灯闪了几闪，她迅速在我耳边说："你现在应该是什么也不记得的白痴！什么都不知道！"说完，她将开关弄得噼啪直响。门开了，进来一个男人，从他们的谈话中，我知道姑娘叫维纳斯，男的叫斯坦利，当他看了记录曲线图后，就说条件还不错，要求雷诺长官把我派到他那儿去。

斯坦利走后，维纳斯又用罩子把我头部罩起来，这次出现了奇妙情况，我头脑中清晰地"听"到她的话："张长弓先生，你如是常人，经过我的处理早成了白痴，亏了你的特殊头盖骨保护了你。"接着她告诉我，这儿是南极冰下RD中心，要我今后听从她的安排，才有可能出去，并要我掌握RD语言，在任何人面前都要装成白痴。她开动学习机，一种特殊的思想和语言往我头脑涌来。头罩取去后，除了维纳斯，还有一个穿黑军服、胸佩十字星图形徽章的老头，他对维纳斯说："斯坦利讲这229号条件不错，想把他要去，你觉得合适吗？"维纳斯说："长官认为怎么合适就怎么办吧！"雷诺长官命令给我输入合成工程等专业知识，经过三天试用，我成了RD229号。后来我才了解，这儿有以雷诺为首的长官20多人，另一类是被处理过的奴隶300多人，这RD中心是冰下人工改造的洞穴，是个自给自足的先进系统。我发现他们根据我的脑信息的记录，已经开始复制次声波发射机等设备，原来RD中心就是这样盗取地球先进知识的。

跟斯坦利工作了几天，使我了解到更多情况，他以为RD229只懂得RD语言，所以，英文、德文资料不怕我看，我才了解到，RD中心想征服全世界。一天斯坦利正用RD语言"咕噜蒲噜"地布置我增加速冻剂的生产，维纳斯来了，她说与我一起捕获的日本人中村，原是这儿RD204号，因触犯长官，被弄去做速冻剂试验，才被“风帆”号救去。她向斯坦利借用我去维修脑信息记录仪，斯坦利答应了。

在维纳斯试验室里，她告诉我她是华裔法国人，因客轮失事被RD中心俘获，她的父亲和未婚夫被处理成为RD188号和RD189号，她因学的是新技术而被留作长官。她要我与她合作，实现她的复仇计划。

斯坦利想带维纳斯逃离RD中心的企图，被雷诺发现，雷诺把他速冻了,送到维纳斯这儿来处理，把斯坦利变为奴隶，编为RD235号。正在雷诺把头伸到头罩下检查斯坦利处理的结果时，维纳斯开动了仪器，雷诺的脑信息被攫取了，他也成了白痴。

忽然，仪器都停止了工作，灯光也暗了，原来雷诺把他自己作为RD中心的指令，他一不存在，预先设计的机构就开始毁灭性的报复。同时，速冻剂迅速地渗进来，我正要去拉维纳斯一起进入逸出器逃离RD，而她已被冻住了。我开启逸出器后，就什么也不知道了。醒来时，我发现自己在“金羊毛”号上。

玲妹看完我写的这些回忆录说，她相信我说的一切。但是，人家是否相信我的这些梦话呢？窗外传来阵阵波涛声，我拉着玲妹的手站在窗前，大声地对着大海说：“这不是梦！”

《冰下的梦》，海洋出版社，1980年12月

虎鲨人臂案

王亚法

故事发生在大西洋上的一个岛国里。

20年来，林康菲博士一直在致力于研究，如何能将死者储存记忆信息的大脑细胞移植给白痴或头脑不健全的人。眼下，这一研究即将成功了，林博士和他的妻子陈美芝沉浸在欢乐和喜悦之中，却没想到一场灾难快要从天而降了。

P.S.公司的李经理和黄秘书，为了窃取林博士的科研成果，利用林博士的助手、有野心的何执中，收买了他。经过精心策划，他们选择林康菲博士去科学家俱乐部演讲的机会，故意制造了一起车祸，当场劫走了昏迷的林博士，然后砍下了他的头颅，迅速地将他具有记忆信息的大脑细胞，移植给经过林博士夫妇精心训练的大猩猩柯利。

为了毁尸灭迹，他们把尸体剁碎，扔进海里喂鲨鱼。非常凑巧的是，岛国水族馆刚捕获的一条虎鲨，正好一口吞进了林博士的手臂。在一次吃饱了以后，它将这条完整的手臂吐了出来。根据手指上的一枚戒指和生前被柯利不慎抓破的伤口血痕，人们认出了这就是林康菲的手臂。

一天晚饭后，由于何执中的疏忽，经过大脑细胞移植后的柯利从P.S.公司逃了出来。这只具有林博士记忆的猩猩，凭着记忆，回到了自己的故居。然而旧房已经换了新主，如今住在这里的已是职业侦探施密特。在昏暗的路灯下，柯利看到了陈美芝贴在柚木大门上的字条，循着字条上面的地址，找到了陈美芝的新居。从那时起，施密特一直尾随着柯利。

何执中从陈美芝那里带回了柯利。柯利被关进了一只大铁笼。它的面前放着一台犹如钢琴般的大型电子打字机。这是一架经过特殊设计的机器，柯利只要按动字母键盘，这架机器就能拼出读音来。通过这架机器，人和猩猩可以沟通语言。

根据P.S.公司的布置，何执中下一步的任务是，将一个正常人的具有记忆信息的大脑细胞移植给一个白痴，并且要叫他像正常人一样讲话。这样的手术，何执中不借助林康菲的脑袋是无法完成的。他用强烈的电击，妄图迫使柯利屈服，说出那些和语言中枢相连接的脑细胞是如何移植的？可就在这时，房门突然被踢开，施密特和陈美芝出现在门口。

柯利——这只人和猩猩的结合体，蓦地伸出毛茸茸的手，在打字机的键盘上按动起来。“美芝——”一个洪亮的声音在屋里响了起来。眼看阴谋即将败露，何执中不顾一切地扑向操纵台上一颗象征死亡的黑电钮。

说时迟，那时快，施密特的中子手枪击发了，何执中倒在地上。但那颗电钮已被揿下了，柯利的铁笼子里发出了一阵白光，可怜的猩猩猛地一震，用尽最后的力气，在打字机上打下了：“美芝……报仇……”这声音已十分微弱了。“柯利！”陈美芝吻着柯利从铁笼子里伸出来的还带着热气的手，大声哭喊着。

《科学文艺》，1980年第2期

“灵感”的秘密

王亚法

收发员老丁送来了阮元小说稿的第十五部分，并说，这位作者写得这么快，简直是着了魔。我也感到奇怪，阮元写的小说是第一流水平，他怎么能以每天五万字的速度写作？总编辑要我去采访一次，看他如何写作。

阮元书房里竟没有写字台，这又使我感到奇怪。我说明来意后，他笑着说："我只是进行一项有趣的试验，一项对脑电波研究和生物电流控制的试验。"接着他打开箱子露出一台仪器，将耳机一样的东西套在太阳穴两旁，又在头上箍了一块像炼钢工人用的镜子。拉上窗帘，仪器的荧光屏在黑暗中显出曲线。荧光屏旁有一块和他头上戴的"镜子"一样的金属板。一刻钟后，阮元取下头上的"耳机"和"镜子"，打开铁抽屉，取出了十几张打字稿，这是他小说的继续部分。

阮元向我解释说：平时我们思想不集中，是因为大脑皮层同时有几个兴奋灶在活动，其中有主要的和次要的。这台仪器的作用，就是抑制那些次要的兴奋灶，兴奋主要的兴奋灶，以消除杂念干扰，使创作构思畅通。"耳机"的作用是将思维时产生的生物电流送进仪器，计算机把它译成文字，于是就写出了作品。如果作者有丰富的实践生活和高度的文艺修养，再加上平时注意积累素材，10小时可完成五万～七万字创作。

我回到编辑部向总编辑汇报后，他高兴地要我把今天的采访写一篇报道。

《福建青年》，1980年4月号

雾都谋杀案

唯军　明秋　会群

著名的生物化学家S教授讲演后，走出了雾都广播电视大厦。当他刚要坐进汽车的时候，有个东西在脖子后面螫了他一下。教授用手狠狠地一拍，一只大“蜜蜂”被打落在车座上。

汽车由电脑驾驶器操纵着，奔驰在雾都市区公路上，很快便来到了他那临近市郊的寓所门前。突然，S教授感到一阵眩晕、恶心，眼前直冒金花。他挣扎着，打开了汽车里的可视电话机，呼喊着他妻子的名字。

看到斜躺在汽车里的丈夫的电视传真影像，教授夫人发疯似的跑到小汽车旁。这时，S教授已昏过去了。教授夫人是一位颇具才华的内科医生，她发现丈夫除了脖子后面有一小块皮肤略呈红肿外，没有任何外伤的痕迹。

雾都警察厅斯道尔警长赶来了。他发现，那只被S教授击落在车座上的大“蜜蜂”，原来是一只金属制成的微型仿生电子飞行器。它的外形、颜色都酷似大蜜蜂，只是吻部一根细细的金属管长针，露出了人工斧凿的痕迹。通常，在这类微型仿生电子飞行器中，都装有超微型录音、录像设备，有的还安上了红外线或气味跟踪识别器，用于侦察追踪和窃取情报等。可是这与S教授被害有何相干？对此，斯道尔也感到疑惑不解。

S教授经过多年的研究，成功地提纯了几种生物蛋白毒剂——蓖麻毒、蜘蛛毒等，只要用极微量的生物蛋白毒剂，就足以消灭任何一种危害庄稼的害虫或危及人类健康的病菌。

S教授的成就轰动了国内外，也引起了他本国特务机关的重视。

他们要S教授把这种毒剂用于人体，但被断然拒绝了。接着，他们又强行夺取了S教授的全部研究资料，逼迫教授夫妇离开自己的祖国。

在到雾都后的半年里，S教授经过反复研究，已制取了一种叫STN的解毒剂。就在他准备用大动物做试验时，教授自己却遭到了暗算。

往事的回忆使教授夫人产生了一个设想：S教授会不会是被特务机关用生物蛋白毒剂所害？果然不出所料，她在教授脖子后面那块红肿的皮肤的深处，找到了一颗残存着生物蛋白毒剂的白色金属球。至此，斯道尔才弄清，大“蜜蜂”吻部的那根金属管长针，就是发射生物毒弹的枪。

作为拯救S教授生命的唯一药物，STN解毒剂流入了S教授的血管里，不到20分钟，他便起死回生了。第二天，《雾都时报》以显著的位置，向全世界揭露了雾都谋杀案的内幕；还公布了教授夫妇共同研制成功生物蛋白毒解毒剂STN的消息。

《魔海谍影》，黑龙江科学技术出版社，1980年7月

特混兵种

魏雅华

舰队司令部准备组织一次奇袭，采取“射人先射马，擒贼先擒王”的办法，直扑敌军太平洋舰队的灵魂——旗舰“海狮”号。我的任务是率领特混部队穿插进去，炸沉“海狮”号！

在黑夜的掩护下，我和铁汉、方堃三个海军蛙人，率领“莉莉”、“莎莎”和“海盗”等21条海豚组成的一支特混兵种，向深海游去。

到达海湾附近已是午夜时分，我们突然发现一个黑乎乎的庞然大物，静静地躺在水下，一动不动。这可能是把守海湾门户的攻击型潜艇“狂风”号。我立刻命令向北转移。我们向北前进了2000米，就进入了敌人的布雷区，四周都有悬浮在水中的各种水雷——触发水雷、水压水雷、磁性水雷、感应水雷……但是这些水雷对我们这支特混部队是毫无作用的，相反，却给我们指出了一条安全的通道，水雷变成了我们前进的航标。

海豚无声无息地在布雷区飞驰。在进入海湾的腰部时，发现了第一道钢丝网，我们剪断钢丝继续前进。忽然有两个半明半暗的东西在向我们游来，原来是两个“水鬼”正在进行搜查！我挥了一下手，铁汉和方堃跟我立刻钻进破洞，三面包抄，朝那个家伙猛扑过去，刺了他三刀。等我们掉过头来追寻第二个“水鬼”时，他已无影无踪了。

我意识到我们已经暴露，便命令“海盗”用它的生理声呐进行探测，迅速辨明湾内所有舰只的种类和方位。就在此时，从一艘兵舰上发出了尖锐的警报声。敌人发现了我们的行踪！

大规模的搜捕马上就要开始了，必须先下手为强。我挥了一下手，“哗啦”一声，所有的海豚都进入了各自的战斗位置。我拍了一下“海盗”的头，它立刻用一种强大的、特殊的“咻咻”声，向所有的海豚下达了进攻命令。刹那间，15只海豚一齐射出了它们所带的武器——导弹式鱼雷(这些武器是接受声呐信息指令的)，只见海水中喷射出一股股急流的烟云，导弹和鱼雷从空中和水下两路直射“海狮”号。

“轰隆”一声巨响，大海上空腾起了一柱巨大的烟云，熊熊大火映红了天空和大海。55架舰载飞机立即被炸成碎片，舰上1400个敌人无一生还。侵略者终于受到了应有的惩罚。

《雪莲》，1980年4月号

天　窗

魏雅华

一天晚上，陈聪拉开窗帘，向天空看了一眼，不由惊呆了。天上出现了一个大窟窿，它像一张可怕的大口，正在逐渐张大，仿佛要吞没整个地球似的。就在这时候，陈聪听到了一个极其恐怖的惨叫声，接着又是一阵疯狂的大笑：“哈哈哈……世界的末日！黑洞正在吞食地球……”陈聪不禁打了个寒战，后来才搞清楚是对面楼上阳台里一个患精神分裂症的姑娘在说疯话。随着疯姑娘的笑声，陈聪看到了人们像潮水般地从住室、厂房、各种各样的建筑物中蜂拥而出，广场、院落、街道都挤满了人，他们恐怖地、胆战心惊地观察着这可怕的天象。

正当陈聪纳闷时，疯姑娘又开口了，她说这个奇异天象的本质不是黑洞，而是天窗。疯姑娘一边抓了一把雪白的盐慢慢地撒在地上，一边叫陈聪去拉上天窗的窗帘。起初陈聪被她的这种举动弄得莫名其妙，一瞬间，他觉得眼前一亮，像是长空闪过了一道闪电，他明白了疯姑娘的意思，一路欢呼着冲下楼去。

两架高空气象飞机向东方向飞去，到了预定的区域开始撒盐粉，云体很快发生了变化，不久，在浓积云底部出现了雨幡。就在同一时刻，气象局发射了两支高空气象侦察火箭，进行高空采样。现在，一片片乌云从北向南漫卷，云彩一批又一批地涌进了那个“黑洞”，天窗的窗帘终于拉上了。晚风送来了沁人的凉意，为恐怖、颤抖的城市带来了生机，人们欢呼着、拥抱着，互相问候、祝贺。

给这座城市带来灾难的原因是什么呢？高空气象火箭收集到的大量资料，揭露了这一事件的真相。原来，今天清晨，外国侵略者向这座城市的上空发射了五枚高空火箭，用喷撒化学药品的方法，使这地区上空100多公里范围内的臭氧层遭到破坏，形成了一个直通外层空间的“隧道”，这个“隧道”口就是天窗，结果使强大的紫外线、X射线、γ射线……毫无遮拦地射向大地，造成了人类和生物的严重伤害。

夜晚，陈聪坐在写字台前，回忆着疯姑娘的遭遇。此刻，他感到疯姑娘的每一句话并不是疯话，而是运用了一种特殊逻辑思维的语言，里面充满着哲理和真知灼见，只是对她不了解的人，听来觉得奇怪罢了。

《科学文艺》，1980年第4期

特别案件

魏雅华

在肃静的法庭上，审判长站起身来："请原告宣读起诉书。"

原告："被告安祥所设计的机械人'方芳大夫'被科学院计算机研究中心捧为20世纪人工智能的最高成就。第一天门诊中，她接待了20多名病人，对白血病、肺癌、脑血管血栓、晚期肝癌、心肌梗死等病人，都进行了精妙绝伦的处理。这位天才的机械人'方芳大夫'能够在几分钟内确定胎儿的胎位，能够迅速而精确地进行几十条大小血管的巧妙吻合；能够在一分钟内进行心胸透视，肾盂造影，血型、血尿鉴定。她的眼睛能够进行红外分析、光谱分析、X光透视。由于她具有各种特殊的视觉，因此能洞察病人的五脏六腑，直至每一个细胞……可是，就是这位'方芳大夫'，在一个月前，对我的女儿进行了谋杀！"

"事情的经过是这样的：我的女儿——林彩虹，是科学院计算机研究中心的助理研究员，也是被告——研究员安祥的助手，机械人方芳的主要设计和制造者之一。安祥为了独吞科学成果，竟对我的女儿下了毒手！8月15日，我的女儿因患游走性偏头痛，去找'方芳大夫'看病，就在诊疗室发生了这件可怕的事件：它要杀我的女儿。我的女儿拼命反抗，后来，打破玻璃窗从三楼跳了下来。后果是：大腿骨折，严重脑震荡，右肋骨折……"

"我的女儿今年25岁，还是个未出嫁的姑娘，经过抢救，虽然已经脱离危险，可是却变成了残疾……"

审判长转向被告；"安祥，你承认自己有谋杀罪吗？"

被告席上站着安祥，是一个30岁左右的青年。他沉痛地说：

“作为方芳的设计师，我负有不可推卸的责任，但我完全不明白方芳为什么这样做。因为在设计上有一点是十分明确的：即每设计一种行为，就必然同时设计一种制约。每设计一种力，就同时有这种力的反馈。比如她去拿一只灯泡，要拿起它而决不能把它捏碎……”

审判长接着问；“你是怎样做到这一点的？”

“我在机器人的手上装有高灵敏度的压电晶体元件，她一接触到物件的重量，就会产生相当的力，使她能拿起灯泡；当她拿起灯泡时，通过压电晶体又会产生力的反馈，这就使她既能拿起灯泡而又不会把灯泡捏碎。这就是力和力的反馈：行为和它的制约。”

这时，律师站了起来：“审判长，我建议法庭对机器人方芳进行讯问，这对揭露案情是十分重要的。”

审判长接受了律师的建议，宣布暂时休庭。

两天之后，对方芳的讯问正在法庭进行。

方芳的外形相当美丽：黑色浓密的头发贴在娇细柔嫩的NTP-2型异性塑质皮肤上，一双棕色的大眼晶莹透亮。她身穿灰色春秋大衣，灰色花呢女裤，半高跟黑色皮鞋，外罩一件白罩衣，是一位风姿绰约的女大夫。她坐在软椅上，似乎有些惊奇地打量着在座的人们。

审判长严肃地问：“方芳，你为什么要杀害林彩虹？”

方芳微笑着答道：“林彩虹那天来就诊，告诉我她患有游走性偏头痛。这是一种神经系统的症状，而在现代医学中，神经科学是相当薄弱的。我非常希望在这方面出现一个重大突破，同时我怀疑林彩虹患有脑血管瘤，需要开颅探查，所以我决定对她进行活体病理解剖。当时我告诉她，这个解剖将会成为医学史上一次划时代的大手术，在颅脑研究和神经理论上是一个重大的突破，您的名字将永垂青史。她听后，非常害怕，并大喊大叫：救命啊！方芳杀人啦！……”

“你竟然要拿活人做解剖？”审判长从来没有审理过这样的案件，惊讶得不知该怎样继续讯问下去，只好宣布：今天的讯问结束。

第三天上午，审判继续进行。

从听众席后面的过道中间推出一辆手推车，车上坐着一个身上绑满了绷带的人，她就是彩虹！

审判长站了起来："林彩虹同志，您有话要说吗？"

"是的。这件事的责任在我。当时，我为方芳安装存储器时，有一个器件所留的空间太小，装了几次都失败了，我有些泄气，心里想，几百万个储存记忆元件，少一个有什么关系？于是这个比指甲还小的集成电路器件没有装上，而到事故发生后才明白，这就是方芳的法律制约存储元件……在这个医疗事故中安祥同志是没有责任的，这是我缺少严格的科学态度招致的一种惩罚。"

安祥听完彩虹的话，走到她的身边温柔地说："不，我也有错，我没有对方芳进行严格的技术鉴定，试验项目不够完整。"

审判长站起来对大家说："根据《诉讼法》第一百二十七条，诉讼人撤回自诉，案件宣布撤销，安祥同志无罪释放。"

《陕西日报》，1980年1月13日

埃里温星保卫战

吴伯衡

《宇宙报》记者汪德尔报道："'埃里温星1号'勘探船，上星期四在飞往灰星途中，遭到UFO袭击，辛向球等三人下落不明，国家宇航部和埃里温星地质勘探局正在组织力量寻找……"

"埃里温星1号"勘探船是公元2367年1月6日起飞的。飞行不久，遇到了UFO，辛向球立即下令加速，企图尽力摆脱。UFO大约看穿了他们的意图，抢先发射超死光炮，击中飞船，辛向球他们只得进入救生飞船，逃离母船。这时，一架雪茄形飞碟逼近救生船，在辛向球的耳机里传来了带有浓重卷舌音的中国话："地球人，请向我们靠拢。"辛向球打开荧光屏，只见飞碟里走出五六个章鱼般的奇怪生物，拖着尼龙缆绳，用自飞器向他们飞来。不久，救生船被牵引进飞碟。戴维克打开舱门，门外涌进六个章鱼人，把他们三人分别带进不同的舱室。辛向球走进一间布置华丽的房间，两个章鱼人给他送来了晚餐。吃完晚餐，他在卵形洗澡器中洗了一个超声波热水澡，然后，坐在书桌旁看书。不知什么时候，电视机的荧光屏上出现了一个章鱼人，他对辛向球说："我是马尔洛夫院士，现在是地球时间23点，晚安。"辛向球离开书桌，上床去安睡。

今天已是第四天了。辛向球想打听一下这里的情况，他就拉了一个章鱼人走进洗澡间，用某国话问道："你们是这个国家来的吗？"这个章鱼人立即走到门边用手指一触，把窃听器破坏，又从胸部取出一卷录像带，对辛向球说："我叫比洛，您要知道的情况都在这里，晚上用您拖鞋里的激光电视机自己看吧！"说完，急忙开门走了。

半夜里，辛向球悄悄地起床，把自己关在洗澡间里，用激光电视机放映这条录像带：泽塔星上居住着泽塔泽塔人类，他们生活在海洋中，后来用遗传工程创造了新一代泽塔泽塔人。当他们星球的建筑材料黄金接近枯竭时，又发现了黄金星，并且在黄金星上建立了机器人工厂开采黄金。两年前，从太阳系飞来两艘飞船，飞船的领导人是马尔洛夫院士。他们开始非常信任他，让他参观黄金星上的矿区，还告诉他机器人的思维程序，允许他到机器人制造厂去学习。谁知他是一个非常狡诈的坏蛋。他偷偷地把厂内所有机器人技术员和5000名采矿机器人都换上了他编的程序。一天晚上，马尔洛夫带领机器人暴动，杀害了700多名优秀的泽塔泽塔科学家，剩下的几十名著名博士，也被投入地牢，以便留作他随时咨询……这时，辛向球一切都明白了。

飞碟里的小太阳升起来了，房间里充满了清晨的阳光。章鱼人给辛向球送来了早餐，辛向球掰开面包，里面露出一张纸条和一把电子钥匙，纸条上写着："我们打算今夜一时夺取这艘飞碟，你的意见如何？戴、鲁”辛向球写了一张纸条交给章鱼人比洛，同意他们的行动。

晚上1点，辛向球用电子钥匙打开了门销，走出房门，一个章鱼人向他扑来，双方进行殊死搏斗。突然亮起一团炫目的弧光，章鱼人倒下了，原来是比洛救了他。在第一道密封门前，他们与戴维克和鲁西会合了。比洛指着走廊的尽头说：“那里就是驾驶舱和总电脑室，里面只有一名那个国家的工程师。”他们用激光刀割下门锁，门就隆隆地开了，这时，门里射出强烈的激光击中了比洛，他倒在地上。三人冲进去打死了那个工程师，驾起飞碟向埃里温星飞去。在另一艘飞碟上，马尔洛夫正在召集宇航军官策划侵占埃里温星的计划。

辛向球他们三人回到了埃里温星球。马尔洛夫率领的飞碟兵团尾随前来袭击。埃里温星球发射了一支支火箭进行阻击。一支由4艘机器人飞船组成的诱敌中队冲向马尔洛夫的飞碟兵团，飞碟兵团发射超死光，飞船向四处奔逃，飞碟不知是计，紧追不舍。当飞碟进入了微型黑洞空域后，埃里温星球向黑洞发射了几十颗氘弹，引发黑洞爆炸，放出了亿兆颗氢弹的巨大能量。最后，飞碟兵团被这场爆炸完全吞噬了。

《科学之春》，1980年第1、第2期

VF的秘密

希　贵

劳动模范李国强被电弧烧伤了手和小臂，经赵大夫的精心治疗，虽然保住了生命，但是手的两次再植手术都失败了。赵大夫正为此感到一筹莫展，听说林工程师研制成一种VF人造肌肉，这无疑为挽救李师傅的手带来了一线希望。

一天，赵大夫拜访了林工程师，林工程师给赵大夫看了新研制成的人造肌肉VF。但是，用这种人造肌肉来抢救李师傅的手，还有许多艰巨工作要做。

在林工程师和赵大夫的合作下，研制成了一种由小得像细菌那样的发动机组成的带血管的人造肌肉；它能利用血液中的养料和氧反应产生的能量来使小发动机一伸一缩，代替人的肌肉运动。用一种有机黏结剂可以将它粘连在骨骼上，代替人的肌肉。这样，李师傅的手和小臂经过再植人造肌肉的手术，功能全部恢复了。

《沈阳科技报》，1980年1月1日

搏 斗

肖建亨

初夏的一个周末傍晚，老年学研究所所长黄启刚和第一研究室主任唐晓云，正在等待一位客人——他们的同班同学张瑜。在苍茫夜色中，一个疲惫而苍老的声音使他们吃了一惊，进来的这个消瘦、苍白而满脸疲惫的老头儿，难道竟是曾经那样豪放、那样潇洒的张瑜吗？

“我们已经有多少时候没有聚首了？都快10年了吧。”张瑜打破了沉默。接着，他说三天前听了黄启刚的学术报告，知道这是他们10多年工作的总结，他对这个报告表示欣赏。他还问起用冷冻法暂停生命三年的黑猩猩康康复活后的情况。黄启刚告诉他情况很好，并告诉他试验结果，小白鼠冷冻后复苏过来，寿命反而长了。在张瑜的要求下，他们领他去看了康康。最后，张瑜终于说明他的来意，他得了癌症，要求给他冷冻，等所里的新药试验成功后，再让他复苏过来。

第二天，黄启刚和唐晓云来到张瑜家里，张瑜的爱人林芳也是他们的同班同学，原来都是好朋友。他们这次来是想说服林芳，劝张瑜接受他们的治疗，而把冷冻生命留作最后手段。林芳要求知道医疗方案。晓云说，他们在研究衰老问题时，着眼于怎样发挥人体的潜力，发现最好的办法是调动人体自己的抗病能力。治疗时要根据生物节律，注意投药的时间和剂量。他们已经找到能表达人体恢复平衡或潜力的标志，在这标志的指导下进行治疗，帮助肌体扶正，可以从根本上解决问题。林芳同意他们的方案，答应去说服张瑜。

三个月过去了，张瑜在老年所接受治疗，病情跌宕起伏，未见好转。这天，林芳拿了两瓶所里新研制成的抗癌药来到老年所。晓云告诉她，张瑜的病情已经控制住了。原来张瑜并不相信老年所的治疗方案，一心只希望等待林芳他们的新药研制出来，由于精神状态不对头，启刚他们的治疗不起作用。老年所专家小组决定，要解决他的思想问题，主要是要消除他把希望寄托在冷冻、等待新药的第二方案上。故而几天前已对他宣布，对猩猩做的新的冷冻试验失败了。启刚还请林芳告诉张瑜，新药尚未通过。这样，张瑜对第二方案死了心，真心接受治疗，终于战胜了癌症。

《冰下的梦》，海洋出版社，1980年12月

沙洛姆教授的迷误

肖建亨

诺贝尔奖金获得者沙洛姆教授，人称“现代机器人之父”，经过三天的考虑，接受了柯拉公司的聘请。

总经理赫伯特把他请到一间异常宽敞、舒适的办公室。

随着一阵轻盈的步履，响起了一个悦耳的嗓音：“沙洛姆教授，您好！”一个美丽、修长的姑娘在向他微笑。沙洛姆教授几乎被姑娘娴雅的神态迷住了……连他也分辨不出这是一个利用他发现的原理制作的机器人。他决心为柯拉公司推广这种“柯拉3型”机器人。

他们布置了一个典型守旧的中产阶级的环境，让一对“柯拉3型”扮演模范夫妇。然后找了一个流浪儿交给这对“夫妇”，以便观察这个野孩子在他们的教育下怎样变成有教养的人。这一试验如果成功，“柯拉3型”的生产就会得到政府的支持，因为日益增多的流浪儿使政府越来越感到头痛。

不久，机器人爸爸布朗特先生和机器人妈妈安妮·布朗特夫人，在第五街一幢环境幽雅的房子里迎接了流浪儿小爱迪。小爱迪顶多只有八岁，圆脸，翘鼻子，有一双很灵活的、大大的褐色眼睛，喜欢画画。这幢房子里只有一个真人，那就是保姆贝赛。

试验开始了。“柯拉3型”机器人的确不愧为“光子脑”机器人。他们具有一种“独立”思考的本领。为了把小爱迪教育成规规矩矩的、有教养的孩子，布朗特夫妇进行了顽强的学习。他们研究了大量的教育学、心理学、哲学……从孔子到孟德斯鸠，从亚里士多德到卢梭、杜威……他们还在两所函授学校学习“流浪儿的心理学”和“21世纪的私生子和弃儿问题”。

布朗特太太研究了卫生学和儿童营养学。她要求贝赛一切按照他们的严格指示照顾爱迪的起居饮食。

小爱迪很不习惯这种“有教养”的生活，他从来不知道谁是自己的爸爸。七岁时，妈妈扔下他跟一个水手走了。至今，他在码头上已经流浪了一年多。玛雅和那些大伙伴们对他很好。那种无人管束的自由自在的生活使他至今仍十分向往。

他怎么也不愿承认这对强加给他的爸爸、妈妈，他逃跑了。不久，好心的玛雅很快又把他送了回来，为的是他在这里能生活得好些。布朗特夫妇不断地学习、分析、研究，规定要爱迪这样做，不要那样做。小爱迪终于有了进步。他学会了打领带，每天洗脸、刷牙，吃饭时用起了刀叉。最使布朗特夫妇和沙洛姆教授高兴的是，爱迪的画大有进步，虽然所有的人仍是一律被画成黑眼睛。

日子一天一天地过去，试验发展到了高潮。公司举行了多次技术研究会，大家一致认为大功即将告成。

消息不胫而走。报纸用醒目的地位，登载了机器人改造流浪儿成功的消息，爱迪画展也即将举行。

可是，爱迪突然失踪了。他不愿意与机器人生活在一起，他恨自己的爸爸，可是他却想念自己的妈妈。他永远也忘不了妈妈那双天鹅绒般的，温柔、忧郁的黑眼睛。

当保姆贝赛告诉教授：小爱迪的出走，仅仅是因为受不了假妈妈的温柔而需要真妈妈时，开始他很不理解，后来，才慢慢地从贝赛的话里，为自己那百思不得其解的谜找出了答案。

人在决定下一步怎么走的时候，往往是无法用一个统一的标准来衡量的。人可能有偏见，可能意气用事。也可能为了某个独特的理想，偏偏不去走这最有利的一步，而走了在通常标准看来是属于最糟糕的一步。而机器人永远只会走一步“分数”最大的棋。人的独特的气质，复杂的心理，是机器永远模拟不了的。

教授兴奋地唠叨着：“我找着了，可找到了。”

“我可失去了……”

教授抬头一看，原来是赫伯特站在他面前喃喃自语。

原来，从贝赛收藏的小爱迪的画里，赫伯特发现，小爱迪的母亲正是他常常思念的黑发黑眼的东方型美人，小爱迪就是他的儿子！

《人民文学》，1980年第12期

凶手是谁

肖　明

小芳失踪了。公安局的老赵和他的助手小王，带着电子警犬赶去侦察。

小芳不省人事地躺在森林里，她的额角血迹斑斑，衣衫好几处被撕碎，小手紧紧地捏成拳头。老赵搜索现场，几个没有后跟的脚印引起了他的注意。

经抢救，小芳醒了过来，但是却丧失了短时记忆。研究记忆和睡眠的专家陈教授，给小芳注射了促记素——一种模拟有助于恢复记忆的加压素而人工合成的高效药物，她的记忆便很快地恢复了。她说："今天早晨，我上学去的时候，一个鬼鬼祟祟的矮胖女人引起了我的注意，她双手捧着一篓香蕉，我联想起附近水果店经常被偷窃，决定跟踪追击。不料，脚绊着了树藤，我摔倒了。那女人抓起一块石头朝我扔来，我便失去了知觉。"

在水果店里，小王发现了一个偷香蕉的女人，她的模样和小芳讲的十分相像。小王拉住那怪女人的衣袖想把她拦住，不料她竟脱身逃去，只留下半段衣袖。衣袖上的血迹和小芳的血型相同，留在店门口的脚印也同森林中发现的一模一样。显然，凶手就是那怪女人。

其实，这凶手不是人，而是一只乔装打扮的黑猩猩。这到底是怎么回事呢?

陈教授来了。他先给"捉拿归案"的黑猩猩注射了催眠物质，然后刺激它大脑中掌管回忆的部位，通过电子计算机"译"出黑猩猩脑电波表示的图像，并显示在荧光屏上。原来，这只黑猩猩是我国西北著名的心理学教授的一只实验动物。一个漆黑的夜晚，这只会说些人话的黑猩猩，乘教授外出的时候，溜出大门，混进了开往东南方的一列火车……

《儿童时代》，1980年第1期

丹青姑娘

谢世俊

当世界刚刚跨入20世纪80年代的时候，在极端秘密的地方，研究“单亲人”的工作已经取得了很大的进展，可以说是接近成功了，仅仅差一步，没有把单亲卵移入“寄母”的子宫，让单亲人降生到世上。就在这个时候，不知是泄露了秘密，还是别的原因，有人出版了一本书，书中竟然描写道，某研究小组用单性个体细胞培育成功一个小孩。这个孩子在一个极端秘密的地方抚养，已经长到两周岁了。

如此重大的科学进展当然会引起强烈的反响，在社会上激起一场轩然大波。报纸上、期刊上，连篇累牍地出现大块文章。一派说，这是人类自我改造的新篇章；另一派说，这是人类社会堕落的丑史。

无论持何种观点的人，都一致向国家科学当局施加压力，要求公布从事单性繁殖高等生物的机构、资金和人员情况，追询谁是决策者、投资者和推行者。

M博士为了继续进行几十年来所从事的生命复制研究工作，摆脱舆论压力，他找到在环球公司任科学顾问的老朋友摩德博士，向他求援。摩德博士向公司董事长伍德先生推荐了他。

伍德先生在自己的卧室里接见了M博士，并进行了密谈。M博士怀着感激的心情和伍德先生订下了协定：舆论、资金和保密问题，一概由环球公司负责，M博士只管研究工作。首次降临人间的单亲人将由伍德先生抚养，M博士可以定期进行观察。

M博士兴高采烈地回到实验室，等待着亲体卵细胞送来。他哪里知道，本届选美中选"M国皇后"的苔丝小姐在飞机上发生了惊人事件——她被伍德摧残了。

苔丝小姐的姿色使伍德先生神魂颠倒，慑于舆论，他不能去追求她，但是，他异想天开，希望在自己的夫人曼瑞的青春暗淡下去时，仍有一个妙龄的苔丝小姐可供他玩乐。他相信自己手中握有的经济和科学力量，他要进行一项堪称人类奇迹的绝密行动。

苔丝小姐结束了一次长途旅行，要到别处去。伍德先生精心策划，选派了三位引人注目的姑娘到旧金山机场，向苔丝小姐奉献

鲜花。

当天的电视新闻报道：苔丝小姐在机上发生不幸，突然失去知觉，飞机在夏威夷岛着陆后，立即送往当地医院抢救，经名医检查，“M国皇后”是被鲜花醉倒的，昏睡了数小时之久。

当苔丝小姐在夏威夷岛海滨漫步时，一位神秘的客人离开医院，带着含有苔丝小姐的卵细胞液滴的试管，搭飞机来到M博士实验室所在地。M博士对苔丝小姐的卵细胞做了处理，然后移入鲍里夫人(寄母)的子宫。

经过十月怀胎后，鲍里夫人安全临盆，单亲人顺利来到人间，这是第一个没有父亲的人，但她将是一个和她母亲一模一样的姑娘，给她取名叫丹青。丹青一天天长大，已经15岁了。

伍德先生的保密工作极其成功，多少年来，曼瑞夫人对丹青姑娘毫无所知。直到丹青开始上学时，曼瑞夫人才听到一点传闻，说她的丈夫“养着美人儿”，并说这位美人非常像苔丝。于是，曼瑞决定走访苔丝，并将此事相告。苔丝回忆15年前在北美旅行时所发生的事件。她感到自己的身体遭到摧残，受了侮辱，万分愤怒，向法院提出对伍德的诉讼，指控他在15年前所犯下的罪行。

开庭那天，苔丝拉着丹青一起来到原告席上，病中的M博士闻讯后，也愤怒地出庭作证。公众看到丹青这枝娇艳的花，又看看那被告席上年已50的伍德先生，再也忍不住心头的怒火了。伍德在人证面前只好低头认罪，被法庭判处10年徒刑。这件事轰动了全球。当记者前去访问病中的M博士的时候，老博士说：“人们对单亲人有各种各样的理论，但问题要看这门科学由谁掌握和为什么目的而运用。像伍德先生那样滥用科学，使这门科学蒙受了奇耻大辱。但这并不说明科学本身有什么错。人类正努力驾驭自然，驾驭历史，难道就不能努力于自身的改造？只有揭开生命发育的奥秘，才能使自己变得更加聪明，变得更美。”

《科学与生活》(辽宁)，1980年5月第2期

接续的婚礼

谢　树　王义山

五年前的一个夏天，我利用休假期间，专程来到松滨市，和大学时期的同学赵丽英举行婚礼。婚礼正在进行时，厂部秘书小张火急地闯了进来，吞吞吐吐地说：“丽英，联邦德国来电，要求我国代表7月8日赶到波恩市，签订那项合同……这是今天中午的

飞机票。”

“哎呀，婚礼还没举行完呢。”大家不约而同地说。

“可以推迟一下，为祖国争光要紧！”她像是对我，又像是对大家说。

我紧握着她的双手，鼓励地说：“丽英，我支持你，马上准备动身吧！祝你成功！”

她转身拿出一盒带锡纸的中华牌香烟，交到我的手里说：“带着这个，我们一定会成功的……”

我莫名其妙地回到了机关，又开始了几乎与世隔绝的海洋生活。可是，我对这盒带锡纸的中华牌香烟却百思不解。写信问她，她总说见面再告诉你……

五年过去了。我在南极洲远洋考察队工作，今天乘上东风号高超音速大型客机赶回松滨市补行婚礼……

下飞机后，司机热情地对我说：“赵丽英副总工程师正在接待客人，不能来接你了。”到了住处，司机对我说：“九楼二号就是你的新房，这是房间钥匙。”我到了九楼，打开房门一看：图案精美的墙壁，淡蓝色的天棚上嵌着闪烁的红星，四周透出柔和的淡粉色的光，真好像置身于星际一般。

“啊！这就是我们的新房！”我情不自禁地惊叫起来。我走进卧室，打开壁灯，坐在长沙发上，欣赏着电子音乐……

“亲爱的，你好！”

“噢，丽英回来了！”我迎了上去，紧紧地拉住她的手。她高兴地对我说：“你看我们这个新房怎么样？”我接着说：“这未免太……”

“太过分了，是吗？”她略停了停说，“告诉你，这还是普通型的呢！”她指着四周问我，“这是什么材料？”

我环视了一下，脱口而出；“窗框是钢的，墙是水泥的，画是油漆的，床是铁的……”

“哈哈，五年前我给你的中华牌香烟，你还记得吗？”

“记得。”

她接着说：“现在可以公开了，因为铝箔已被广泛使用了。可是在五年前，我整天整夜想的就是铝箔呀，所以分别时送你一盒铝箔包装的中华烟。”

“噢，原来是叫我做历史的见证啊！”

“那次出国就是为了引进高速铝箔轧机。现在，我们借鉴国外先进技术，设计制造的国产高速铝箔轧机，也已经投入生产，所以，我才写信叫你回来……”

“告诉你吧，房间里的墙壁、家具……全是铝的。墙上贴的是经过氧化着色的铝箔。它的颜色鲜艳，美观大方，能够防潮、防热、防腐。铝箔的用途非常广泛，这柜子里的五光十色、装潢美观的各种糖果、罐头、啤酒都是铝箔罐装的。你看，这两架轻骑摩托全是铝制的。甚至宇宙飞船、核潜艇和电子仪器中的电容器也少不了铝箔。你刚才坐的超音速大型客机的翅膀也是用铝箔做成的蜂窝状结构。”

“噢，铝箔的用途可真大呀！”我惊喜地说。她娇羞地投入我的怀抱，望着我的脸说：“科学和爱情并非永远是矛盾的……”

《科学时代》，1980年第4期

L.D.的秘密

忻　趵

早晨，我刚到《少年科学报》社，机器人就送来了当天新华社发的科学要闻。我立刻注意到自南中国海至长江流域之间，各分社的电讯都报道说，在当地上空对流层中发现了一种神秘的飞行器。

广州分社电讯说，此飞行器为球状，直径估计为50米，时速高达1500千米。福州分社报道说，这个球形飞行体上，有无数突出的锐角，当它距离一片雷雨云约100米时，忽然发出无数道耀眼的白光，飞行体周围空气被电离而产生绚烂的光环。拉萨分社报道说，堆龙德庆驻军的雷达监视站曾跟踪这一飞行体，但它很快在雷雨云中消失，雷达站收到一组无线电波，用的是我国邮政通讯电码，译出来是：“我是L.D．”。

这飞行器是天外来客吗？“L.D.”是什么意思？我完全被吸引住了。我赶紧摘完电讯稿，回到家中看了一些参考书，写好了稿子：《神秘的天外来客——L.D.》，送到《少年科学报》。

过了两小时，编辑部转给我一个陌生人的电话，指出我的报道是错误的，要我到大气物理研究所找阮庆教授一谈。我乘小型直升机去研究所，中途发现神秘的L.D.旋转着向前飞去，我连忙猛追上去，当离它100米远时，对讲机突然发出声音："我是L.D.，不要靠近我！"我正迟疑，一道闪电凌空刺来，我赶忙飞到了雷雨云上空。只见L.D.遇上了无数条闪电，它立即变成了大火球。半小时后雨过天晴。L.D.并没有被雷电击毁，它向我呼唤要我靠拢。当我飞近它只离10米时，它伸出机械手把我的飞机抓了进去。我上当了，成了它的俘虏。

这时有人请我下来，并介绍说他就是阮庆，我才恍然大悟，L.D.并不是天外来客，而是大气物理研究所雷暴研究室制造的。阮教授说，你要跟我一道旅行，才能写出正确报道。于是我们就乘L.D.飞往"雷都"那大市。

那大市上空雷电交加，每听到一声雷鸣，L.D.便微微一动，计数器在不断上升，到5亿千瓦停住了。阮教授说："好了，L.D.已将雷电产生的巨大功率转化成巨大的电能，储存起来了。现在达到饱和状态，我们该返航了。"

我不明白L.D.是用什么办法储存这么大功率的电流的，阮教授又领我去参观了超低温的超导室，用不着他说我也明白了：这是利用超导蓄能的技术来储存巨大的电流，秘密被我掌握了。我说我要重写一篇报道，题目是：《L.D.——人类征服雷电的工具》。阮庆教授高兴地连连点头。他说："不过，你知道L.D.这两个字母代表什么意思吗？"其实我早就猜到了："这就是Lei Dian(雷电)的意思嘛！"

《少年科学》，1980年4月号

真假教授

修莱华　袁建邦

代号叫“白乐呵”和“黑狗”的特务，以国际物理学家友好访问团的名义，来到了我国北方的新兴市。他们在国际饭店里密谋策划，让特务梅好斯去把一个大胡楂子的人杀死。

瘦长个子的梅好斯在脸上擦了一层香精，拿着一把自动伸缩的雨伞，去寻找“目标”。梅好斯发现，大胡楂子正在一家饭店里喝酒。梅好斯刚买好一杯啤酒，那人便不见了。他赶到车站广场，借下雨的机会，急忙凑到大胡楂子的身边：“来，咱俩打一把雨伞。”两个人分手时，梅好斯用伞尖在大胡楂子的腿肚子上碰了一下，便径自走了。大胡楂子登上悬浮列车还没到五分钟，就一命呜呼了。

新兴市公安局侦察处严处长接到报告后，便命令侦察员高峰到医院去了解死亡原因。大夫告诉他，经过解剖找到了死因：那人的腿肚子中了剧毒，这种毒液是从生长在非洲的一种蓖麻中提炼出来的，毒液碰到人体后，五分钟即发作，而且无法抢救。

原来，死者是新兴市物理研究所的科研人员，是世界著名的蓝教授的助手。目前，蓝教授正在研制一种世界稀有金属，为了掌握数据，前几天教授已乘宇宙飞船到太空去了。

根据这些情况，严处长判断：谋杀案和稀有金属的研制直接有关，一定要在明晨教授从太空返回前破案。根据死者胃里的酒菜，高峰找到了车站附近的那家饭店。他用红外线追忆摄像机，对准大胡楂子和瘦子坐过的椅子，拍了张照片。结果，照片上大胡楂子的模样十分清晰，而瘦子却光有身影没有头。为什么呢？原来瘦子在脸上涂了掩护剂，也就是特制的香精。一位和大胡楂子一起乘悬浮列车的女画家，在可视电话的荧光屏上用笔画出了瘦子的头像。高峰把那瘦子的头像拍了下来，并合拍到那个无头照片上。然后，高峰把那张照片放进户口卡片室的电脑箱里，一分钟后，梅好斯的档案显示出来了。

再说梅好斯离开车站后，按原定计划，赶到空中酒店和“白乐呵”“黑狗”碰头。“黑狗”把一支香烟递给了他。这时，梅好斯已被高峰盯住了，空中酒店门口的录像机也已经给这伙特务录了像。梅好斯刚离开空中酒店，便被逮捕了。出乎意外的是，梅好斯也很快地死了。原来，“黑狗”给梅好斯的香烟是有毒的。

至此，真相已经大白。严处长做了具体部署。第二天一早，蓝教授乘宇宙飞船回来了。欢迎的人们涌上去向蓝教授祝贺问好。“白乐呵”和“黑狗”也来了。他们的无名指上都戴着一个金戒指，戒指的宝石花上有剧毒。他们挤上前去，一把拽过教授的手，并用戒指的宝石花擦了下蓝教授的手。意料之中的事发生了：他们刚挤出人群，教授便手脚抽筋，摔倒在地上。

“白乐呵”和“黑狗”来到了另一家空中酒店，他们正要为胜利干杯，便被高峰逮捕了。接着，严处长迈步进入酒店，身后还跟着一个人。“白乐呵”和“黑狗”抬头一看，愣住了，蓝教授怎么又活了？他们哪里知道，蓝教授下了飞船留在休息室，出来的是个和蓝教授一模一样的机器人。

《魔海谍影》，黑龙江科学技术出版社，1980年7月

1091

徐唯果

在疗养院海滨浴场的沙滩上躺着一对朋友：《晨光》杂志社的记者胡宁和国家天文馆副研究员王宇光。两个人默不作声，都在为方才的争论而气恼。

争论是从一位叫山田的日本学者写的《奇异的通古斯大火》一文引起的。该文除了描述本世纪初发生在通古斯地区的那场有名的大火，还对起火的原因作了推断。山田先生的文章中说这场火不是森林的自燃，也不是人为的过失，而是一个奇异的天体与地球相撞的结果。王宇光认为山田先生的推断有道理，而胡宁则认为凡是论据不足的推断都有点近乎胡扯！

这时，王宇光接到天文馆来电回到馆里，发现在馆长的写字台上，放着一个淡绿色的塑料盒，里面装着一个日记本和一封信。这是山田先生留下的遗物，看样子是他去墨西哥遇难前投到海中，沿着太平洋环流漂浮到这儿来的。

信中这样写着："多年来，我走遍世界各个角落，对通古斯的追踪查迹，使我不再怀疑外太空有高级生命了。我只是想知道，这些高级生命是否到过我们这个星球……我好像临近了谜的答案。可是，我在墨西哥触犯了一个部族的圣物，我将被处死。

"我发现了一个秘密，我算出了宇宙人访问我们星球的确切日期，那公式……不好，我听到了脚步声，我生命的最后时刻来到了。再见了，我亲爱的同胞们。"

信，无情地中断了。胡宁和王宇光面面相觑。

王宇光对胡宁说："我准备沿着山田先生的足迹走一趟。"胡宁要求同往。于是，他们收拾行装，穿上了宇航服，乘坐一架只能容纳两个人的飞机，左前方有一根巨大的灰色柱子直立在海上，耸入天际。灰柱子疾速地旋转着，飞机也随之旋转起来，越转越快，飞机上的仪表也失灵了。突然，飞机垂直地坠落在大海里，向一座海底金字塔冲去。那庞然大物的底座上有个黑黝黝的大洞，这个大黑洞正在吞噬着一切游动着的东西。飞机也毫不例外地被吸进了黑洞。透过微弱的光，他们看到自己乘坐的飞机停在一个涵洞里，臂形舷梯的座地脚紧紧地钩住了一张石桌的桌腿。王宇光收拢舷梯，借助舷梯座脚挂在石桌上的拉力，小飞机被拉到石桌前。石桌上放着两个金属烛台。王宇光扳动传动杆，解下了钩住石桌腿的舷梯座脚。在他的操纵下，舷梯缓缓地上升到桌面上，又缓缓地向烛台移动。当舷梯移动到一只烛台的上面时，舷梯软索上的网环刚好把一只烛台套住，烛台被吊了起来。这时，只听得天崩地裂一声巨响，一个沉重的大闸门在他们身后落了下来，把胡宁、王宇光关在涵洞里。一会儿工夫，两人似乎听到水声，只见涵洞里的海水迅速消退，一股空气顿时充斥其间，石桌已经暴露在空气里。

移开第二只烛台时，奇迹出现了：石桌后面的一扇暗门豁然大开，一座奇妙的宫殿展现在他们的面前。

这是一座豪华的海底宫殿。按照埃及金字塔的格局，这里应该是放置尸身的墓室。可是，尸体在哪里呢？这儿既没有棺椁，也没有尸体，在应该放置棺椁的地方，却是一只正方形的大金属盒子，盒子上有一根铁柱直抵屋顶。王宇光用一把活扳头拧在盒盖上的螺钉上时，铁盒盖沿着铁柱子笔直地升了起来，空旷的墓室里回荡着震耳欲聋的轰鸣声。胡宇和王宇光分辨出在这轰鸣声中，夹杂着涡轮机的转动声和叶片的山水声。王宇光说：“好像远处有一部奇大无比的水力涡轮发电机。那铁盒子是一座功率巨大的微波发生器！

铁柱就是发射天线！”这时，他们猛然醒悟了：在百慕大失事的飞机和船只，为什么仪表会全部失灵，原来是受到这座微波发生器强大磁场的干扰。

后来，胡宁和王宇光戴上氧气面罩，绑上充气坐垫，几经曲折才回到了平静的海面上。

半个月后，墨西哥湾的阳光和海水浴，把胡宁、王宇光两人身上的疲倦荡涤净尽。这一对劫后余生的朋友，又准备去敲开一个古老部族的大门了。

由于有了日本学者山田先生的前车之鉴，胡宁和王宇光在休养期间，收集了有关山田先生在玛雅部落的活动情况。其中，对山田先生的死，有如下一段介绍：“山田先生以他惊人的毅力，在玛雅人中间生活了两个月，而且得到了玛雅人酋长的极大信任。有一天，酋长陪同山田先生来到一座金字塔的墓室。他看到在古老的棺盖上刻着584天——那是只有现代人才知道的金星会合周期！更加使山田先生惊奇的是，那著名的、只有电子计算机才能运算的金星公式，居然也清清楚楚地刻在棺木上！山田先生连忙问酋长，这些数字是怎样知道的。酋长答道：‘那是天神重降大地的时间’。”

不管是不是有天神重降这回事，反正山田先生把全部精力都投注在这些计算上了。也许正当他即将取得一些成就的时候，他惹下了杀身之祸——他挪动了石桌上的烛台，可怜的山田先生仅仅来得及把一个什么东西抛入大海，就被烧死在一棵树上。看完了档案，胡宁和王宇光都为山田先生的不幸遭遇感叹不已。

不久，他们来到了玛雅人的部落。王宇光借助自己的天文学知识，向酋长鼓吹用“通天镜”——射电望远镜观察星宿，使酋长看到了月亮上的山而大感兴趣。于是，他俩设法运来了“通天镜”，并向酋长建议，要把通天镜安装在金字塔的墓室中。在安装时，石头供桌被轻盈地翻了过来，只见供桌的底面上，清楚地刻着

“1091”！这是什么意思？经过胡宁和王宇光用玛雅人的历法计算和推论，这是说宇宙人在1091年来过我们的地球。可惜，宇宙人没能找到正确的着陆地点，而坠毁在通古斯！

《科学时代》，1980年第5期

D海区次声波

杨泰强

星期天上午9时，在荧光城科学宫大厅里，李南教授正在给青少年物理学业余爱好者作新颖的科普报告。报告一开始就请大家先看一段录像。在大型壁挂电视屏幕上出现了一个驼背老头，拄着拐杖，向海边走去。只见他的右手食指，不断地触摸着拐杖上的花纹，发送着密码。他就是奉命转运我国一件新式武器的设计图纸的老特务。密码很快就被公安局破译，内容是：“下午4时30分在D海区会见。鳄鱼”。

接着，电视把观众带到了我国的东海上，一支舰队正在公海上向南游弋。旗舰上的指挥官吉沙依在接到“鳄鱼”的密码电报后，命令两艘潜艇迅速潜向D海区。只见屏幕上突然出现我国的两架无人驾驶飞机，正向D海区急速飞去，并向入侵者发射了四枚分导导弹。这时，一艘敌潜艇浮上了海面，使用“死光”发射器击毁了正向它飞来的两枚导弹。另一艘潜艇还未参加战斗，即被导弹击中，永远成了海底的废铁。

旗舰上的指挥官吉沙依眼看无法执行接应“鳄鱼”的任务，当即命令该艇立刻潜逃。我潜伏在D海区附近的一艘潜艇迅速上浮，并伸出了高强次声发射管，对准入侵者，发出了强度极高的次声波，两三秒钟内次声波传到了敌人的潜艇上，艇上的敌人一个个昏倒下。次声波与入侵者的内脏产生了共振，他们的内脏很快地破裂了。这时自动驾驶仪在惯性返航装置的电脑指挥下高速返回基地。但见潜艇上的“勇士”们都横七竖八地躺在地上，脸上都留着惊恐万状的表情。沮丧的吉沙依命令其余舰队迅速撤离中国海域。

录像结束了。李教授接着说：“为了让大家容易理解共振现象，我给大家讲一段故事：1938年，在美国的一个山窝里，有一座宽约六米的钢结构绳索吊桥，远看像一块长跳板。有一天，它忽然振动起来，持续了一个多小时，最后这座桥全部塌了。原来山谷里有一股微风，但它的风速刚好与这座长桥的强度成特定关系。于是，风的能量便通过桥的振动，逐渐传给了桥，使桥越振越厉害，终于垮了。这种现象，物理学上称为共振，它有巨大的破坏力。大家看到的次声波发射装置，就是利用共振现象，使次声波达到可以作为武器的高强度。”

最后，李教授宣布：今天的科普报告到此结束。

《科学之窗》，1980年第2期

野人追捕记

杨瑞仁

在这一带绵延近1000千米的深山密林中，还存在着野人。这些野人似乎在逐年逐月地减少，如果不及早研究它，年深月久，很可能在我们还没有跟它们“萍水相逢”之前就灭绝。

我们古人类研究所不失时机地组成了一支阵容强大、装备精良的“野人探研队”，向C岭——H山——E.V坝一带，开展了追捕野人的战役。队员们风餐露宿，爬山攀崖，穿林钻洞，搜山近两年时间。没想到收获仅是：六堆野人粪便和86根野人毛。接着我们又在发现野人粪便和毛发的地方安排专人埋伏了一年多，结果同样是连一个野人的影子也没看到。真是踏破铁鞋无觅处！

这样一来，“野人探研队”不得不撤销，只留下总指挥钱教授、助手小吴和我三人，从C岭移到H山北面的小村庄里，继续进行对野人的追捕工作。

是不是因为我们用大兵团搜山的办法把野人吓跑了呢？对！有道理。“唷。”钱教授突然叫了声，兴冲冲地说：“用叫声来诱捕它，你们看怎么样？”

钱教授是动物专家。他研究过各种动物的简单语汇，曾用鹧鸪的录音诱捕过10多只鹧鸪。他提出用野人的叫声来诱捕野人的方案马上被采纳，并立即行动起来。当天晚上，我们三人隐伏在一个石洞里，钱教授让小吴学野人的叫声，于是“啊——啊，啊，啊——啊——！吱哲——吱哲吱哲——”的怪异声音飞出石洞，在密林中蜿蜒盘旋，消失在远方的山谷中。不久，我们忽然听到石洞上头的山崖某处，传来一阵低沉、但却非常清晰的“咕喽咕喽，吱哲吱哲”的声音。接着听见岩洞前发出枯枝的噼啪声。在月光下，只见一个似人非人的动物向岩洞走来。它长发披肩，浑身是毛，身高约两米，浑身上下毫无遮蔽。就在这时，小吴闪电般冲出去，用电鞭往它身上触去，只听见野人“啊”的一声惊叫，便倒在地上不动了。我们马上把它的手脚捆绑起来，并对它做了必要的检查、观察，取得了第一手科学资料，然后把一台准备好的超小型、超高频发报机，安在野人的后背上。安装妥善后，钱教授叫我给这个野人打了400毫升葡萄糖溶液，随即把它释放了。

现在，我们可方便多了，因为野人的一举一动都反映在我们的荧光屏上。野人之谜，终于被我们揭开了。

《个旧文艺》，1980年第2期

奇怪的行李

杨寿新

侦察科长马建华一接到丁教授失踪的报告，马上赶到他的家里。

丁教授在去年研究成功了“可控核聚变”，这一研究成果立即引起了某国的注意。他们多次放出间谍卫星，妄图窃取我国第一座可控核聚变装置的005工程情报，但他们的阴谋一次也未能得逞。丁教授是唯一掌握005工程全部资料的人，他的失踪，很可能是与某国窃取005工程情报有关。从全息录像机的记录中知道：丁教授失踪前一个晚上，有一个身材魁梧的年轻人来找过他，说是他儿子丁立天给他捎来一箱台湾蜜橘，要丁教授跟他到汽车上去取。之后，丁教授就失踪了。

经过几天努力，马建华他们查明绑架丁教授的罪犯叫刘红卫。他是某市司机，半个月前他向单位请假，说来这里探亲。据某国大使馆的警卫人员反映，丁教授失踪的那天晚上，有一辆中国人驾驶的汽车，进入大使馆，一直开进一个房间里。马建华分析：丁教授一定被他们藏在使馆里。于是，他们就商量了一个“引蛇出洞”的计划。

几个月过去了。某国的大使突然奉调回国。正当他在海关办完托运行李的手续坐在沙发上时，行李员已用传送带把大使的十几件行李送了过来。一只两米长、一米宽的塑料箱子引起了马建华的注意，他要大使把这只箱子打开。大使有些紧张。他把钥匙往锁孔一插，抬手想去按一个暗钮，企图毁灭罪证，遭到了另一名公安人员的拦阻。马建华立即把箱子拿到化验室里进行开箱检查。箱子被打开后，露出一只白色塑料箱子，掀开箱盖，里面躺着的正是丁教授。原来，那天晚上某国大使馆让李红卫开了一辆装有生命冷藏箱的汽车，把丁教授装入冷藏箱绑架到大使馆，准备把丁教授冷冻送至某国。现在真相大白，某国大使在罪证面前也不得不低下头来。

冷冻的丁教授被红外激光灯照射了五秒钟，就缓缓地睁开双眼，随后就坐了起来。这时，丁教授想起了005工程，马上起身和他们告辞了。

《空中奇案》，福建人民出版社，1980年6月

复活的头颅

杨叙南

保安局扎克少将接到少尉菲德尔报告：半小时前一架不明国籍的飞机在列斯曼岛滩头坠毁，现场只找到一个头颅和几块飞机残片。扎克少将乘海空两用飞机飞鱼号赶到现场，将头颅和残片迅速送到设在海底的科学研究试验中心。

科学研究试验中心有两个工作室，第一工作室由福罗斯教授负责，助手是扎克的女儿娜嘉莉；第二工作室由史纳基教授负责。在第一工作室里，他们找到了头颅颈部的动脉和静脉血管，把血管接到了人造心脏和人造肺上，又接好了营养供应仪。注入人造血后，示波器上闪动着有规则的曲线。那调整人体细胞的生物电磁装置的极片已移到头颅上；脑电波器的探罩已罩上头颅，以便运用电子计算机将感觉刺激引起的大脑微弱电流变化进行叠加处理。这样可以得到一定图形的脑电波，将脑内储存的信息诱导出来。在第二工作室里，史纳基教授正聚精会神地检验飞机残片，在红外线成像分辨仪器上，残片显示出了“HON”三个字母，他立刻向扎克报告，这是大科学家约翰·拉宾的座机。这时，菲德尔少尉又打来电话报告：约翰·拉宾驾驶HON号座机从费尔城研究院起飞，在列斯曼岛海区失事，邻国要求协助寻找拉宾的下落。

扎克接到少尉电话，即乘飞鱼号飞向列斯曼岛，在海滩上正在工作的福罗斯不信这是拉宾的头颅，因为他与拉宾是老朋友。扎克发出试验开始的命令，以便让复活的头颅作出答案。在电脑控制下，头颅脑细胞的功能得到恢复，眼睛慢慢地睁开了。头颅看到站在面前的陌生人感到诧异，他感到自己的身体不听调动。在福罗斯和娜嘉莉的诱导下，头颅说他叫阿道夫，是某国的老间谍，这次设法取得了合法身份，乘上拉宾座机，想骗到拉宾的图纸。拉宾看出他的不良企图，弃机跳伞，飞机失去控制向下俯冲，他就失去了知觉。教授问他看到图纸没有？阿道夫头颅说看到过，于是福罗斯便叫他休息。

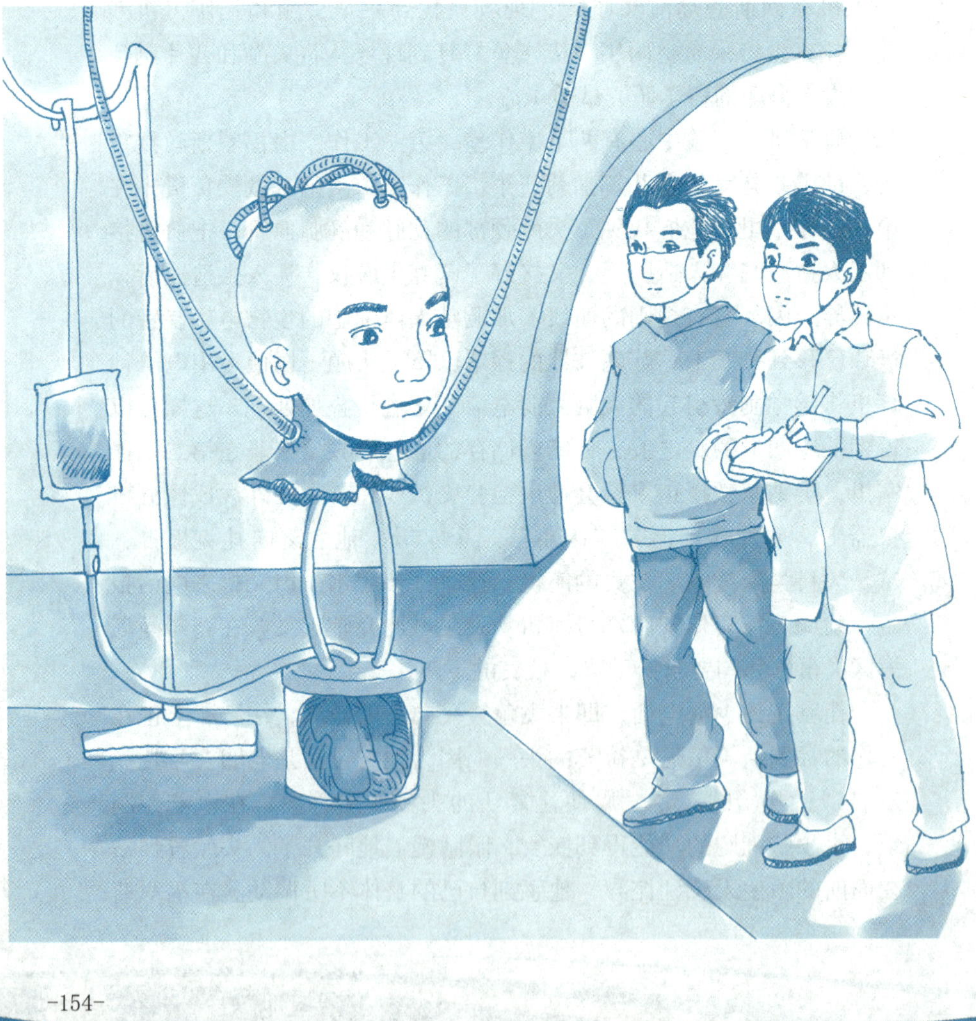

在询问过程中，头颅的脑电波特征一一被记录了下来。在头颅休息时，娜嘉莉给人造血管注射了镇静剂，他便进入梦乡。所有仪器在电脑控制下继续在工作。福罗斯叫娜嘉莉给头颅增强记忆，娜嘉莉给他注射了合成记忆剂。他们接着对头颅的不同区域进行电刺激，使他的所有记忆清晰地反映出来，并做了记录。

发现了拉宾教授，并把他接到岛上的办公室。拉宾深感遗憾的是失去了图纸，扎克少将安慰他说：图纸的副本已从阿道夫头颅中得到。他一按电键，荧光屏里出现了阿道夫头颅复活试验的过程和他的回忆录像，其中就有拉宾的图纸。拉宾发现做试验的原来是他的老友福罗斯，急着要去看他，于是便和扎克乘着飞鱼号朝海底飞去……

《少年科学》，1980年1月号

小蝙蝠

杨叙南 单 明

夜幕降临。某研究所研究人员鲁宏应未婚妻刘丽之约，驱车来到吟春公园。一小时过去了，他连刘丽的影子也没见到。在失望之后，鲁宏钻进轿车，掉转方向，返回原路。

突然，一道黑光刺中他的脸，他好像看见一只小蝙蝠，接着感到两眼视线模糊，车窗外的房子、树木一齐摇晃起来。最后，汽车在惨叫声中撞上了一垛墙。

次日早晨，市公安局侦察科长王克来到了鲁宏所在的研究所。他告诉副所长李娜："昨天深夜，我们截获了有关你们GG工程的密码电波以及它的实验传真电波。"李娜惊愕得睁圆了眼睛。因为这个工程是绝密的，只有她和鲁宏两人才能凭密码进入绝密室。这时，电话里传来一个惊人的消息：鲁宏昨夜发生车祸，正在医院抢救。

在医院里，王克见到了鲁宏和刘丽。刘丽说，那天她根本没有约鲁宏到吟春公园去。鲁宏告诉王克："那天，当我调转车身返所时，突然车内发现一只小蝙蝠，撞到我的脸上，以后就眼花起来……"王克认为，这蝙蝠可能是一种遥控飞行器。经研究，打算让最新的侦破器"蜂皇"出击。

在GG工程实验室里，一切都按原定计划进行着。李娜按动操纵台上的一个白色按钮，瞬间，水池两端的喷枪装置便喷射出浓烈的烟雾般的致冷剂来，那柔软透明的水面立即发生膨胀，形成很厚的冰层。人可以在上面行走，坦克也能通过。这时，王克在实验室的天花板上果然发现了一个小黑点，这就是那只小蝙蝠。表演结束时，李娜用密码开启了实验室，霎时间，一道黑光一闪而过，王克会意地笑了。

蝙蝠是何时进实验室的？在一个小房间的荧光屏上，王克看到了早已录下像来的场面：一只小蝙蝠从一棵树杈上飞下来，轻轻落到最后走进实验室的一个人的后衣襟上，随人进了实验室，而后，乘人不备，沿着墙角溜上了天花板。

这是怎样摄到的呢？荧光屏上出现了两只小小的黄蜂，它们在空中展翅飞翔，犹如一对小小的飞机。其中，一号是长机，二号是僚机。它们的全身几乎被超芯片布满，实际上这是两只机器蜂、两架微处理器。

荧光屏上的图像还告诉人们，那只小蝙蝠离开实验室后，飞到城东运河边的C国领事馆，飞入红鼻子黑·拉斯夫先生的房内。那人正望着荧光屏，在操纵一台遥控机。这只蝙蝠不偏不倚地停息在桌面上的白瓷盘子里，红鼻子揭开它肚子上的一个盖子，取出一个只有小米粒大的东西。

“一号注意！取回那盘子里的胶卷。”侦察员小张发出了指令。红鼻子猛地见一只黄蜂抢走了微型胶卷，急忙坐在操纵台前，按起电钮，小蝙蝠又起飞了。

“二号注意！蝙蝠一进院就立即击落它。”小张又发出指令。当蝙蝠进入上空时，二号蜂紧追一步，从嘴里射出一束光来，立即把蝙蝠击落。

经鉴定，这蝙蝠的确是由微硅片构成的一架遥控飞行器。除了录像、录音装置，它另有一对致人中毒的爪子，可以使人昏迷。而我们的“蜂皇”则是有“智力”的微型处理器，其电路比迄今所见任何电路小得多。它具有自行学习和编制程序的能力，比蝙蝠高级得多。只要给予指令，“蜂皇”就能像智勇双全的战士那样，出色地完成任务。

《青年科学》，1980年第1期

沙逊的专利

杨 洋

沙逊教授是我负责接待的最后一位外国游客。他是一位仁慈的老人，一生有过许多发明，申请过很多专利，晚年周游世界。那次来到我国旅游，住在滨海国际饭店，由我负责照料他的生活。

他住了三天就走了。我在收拾卧室时发现了一个精致的小钱包，就立即赶到车站把钱包交还给他。谁料他却说："我还没有老到丢东西的地步，你知道我的意思吗？"我告诉他说："我们是不收小费的。"这使他感到十分惊诧。这时，从外面走来了一位外籍青年，和沙逊博士打过招呼后，在他身旁坐了下来。老人却突然站起来，紧紧地攥着手杖，拉着我说："不走了。"他刚走出候车室，就跌倒在地上。经过抢救，危险期虽是过去了，但脑出血的后遗症使他半身不遂。于是，他就住在我们饭店养病，由我照料他的饮食起居。

半个月后的一天，他忽然拍拍我的肩头说："我要介绍你认识我的女儿。"在漆黑的屋里，荧光屏上出现了一位姑娘，她吐出清脆的声音："欢迎你来访……"我惊呆了，正不知说什么好，老人打了个手势让我坐下。这时，悦耳的声音又说道："你感到迷惑不解吧！"哎呀！连我心里想什么，她也知道。

沙逊用哀伤的语调对我解释说："这确是我女儿。但确切地说，这只是她的'灵魂'……"荧光屏上的女郎珠泪纷纷，哽咽地说道："我是你真正的女儿，我虽然没有了人类的肉体，但留下了真、善、美的精神……"老人似乎不忍看那张珠泪纷纷的面孔，他关掉了电源，开亮了电灯，房间里的一切又恢复了原来的样子。

老人对我说："你刚才在荧光屏上见到的就是我的女儿，她的名字叫安琪比蒂，已经死去五年了，但她的'灵魂'已完整无缺地记录在一台电脑里。这是我10年前完成的一生中的最后一项发明。"沙逊博士怕我把"灵魂"与"鬼魂"搞在一起，特别解释了一下："我说的'灵魂'就是人的思维活动。我的发明能把思维活动的能量转换过程记录、放大、储存在电脑中。实验对象就是我的女儿。结果，电脑记录下了我女儿的音容笑貌和她的全部思维活动，它几乎成了我女儿大脑的复制品，并且比我女儿的头脑更聪明。因为它能从和她谈话的其他人的思维活动中接收信号，通过逻辑思维和分析系统，掌握对方的思想和真实感情，这就是你为她能猜透你的思想而诧异的原因。

"后来，我想为这项发明申请专利，就去找我的老同学参议员詹姆斯，还当场作了表演。詹姆斯非常感兴趣，对我说，申请专利是毫无问题的。我就告别了詹姆斯，回到家里。我打开电脑，想了解一下詹姆斯的真实想法。这时，屏幕上的安琪比蒂告诉我，詹姆斯心里想，你的电脑和你是一对怪物和傻瓜，只有把你们放到60米深的地下仓库，等到世界末日。我听了顿时晕了过去。

"不久，我的女儿坠入了情网，与我从前的学生比尔结婚了，比尔就是在车站候车室找我的那个外籍青年。他欺骗了我的女儿，原来他早已堕落为一个流氓。我女儿经受不住这沉重的打击，一病不起，死了。埋葬了女儿，我就开始周游世界。有一天，我来到波美岛，侍者给我送来了香槟酒。我不敢喝，便先征求电脑意见，电脑告诉我，不要喝这酒。原来，这酒是比尔送来的，里面有慢性毒药。我感到极端的憎恶和气愤，第二天就来到了你们国家。"

沙逊讲完了他的故事，就写了一份遗嘱，表示在他死后愿葬在中国，他的全部财产作为沙逊基金，奖励世界各国的著名政治家；并委托我当他的遗嘱执行人。

现在，沙逊博士已经死去，我就将他的发明和遗嘱公布于世。

《科普创作》，1980年第3期

X-3案件

叶永烈

新阳市公安局侦缉处处长金明，刚从滨海市调到这儿，几天之内，便收到三份敌情汇报：

一、发生在永东站附近的奇怪的跳车事件。据报告，死者可能是新阳市中国熊猫研究所的研究员林平；

二、中国熊猫研究所所长陈丽提供，林平工作一向勤勤恳恳，卓有成就，不可能自杀。要求查明究竟是自杀还是他杀；

三、林平平安归来，跳车死者不是林平。

在接到第三份汇报时，金明的脸上露出了笑容。林平归来使他放心了。他立即带着年轻的助手戈亮，访问那位活着回来的“死人”——林平。他们一直谈到了深夜。

林平算得上是一位多产的科学家。他发表了许许多多关于熊猫的论文。金明按照发表的时间一篇一篇地顺序阅读，直至读到一篇短文时，对敌人的意图才略有所悟。

这是一篇科研简报，总共才这样几十个字：

“这可使珍贵动物——大熊猫家族兴旺，中国熊猫研究所已初步试验成功用单性繁殖方法繁殖熊猫。这将是现代生物学上的重大突破。”

于是，金明打电话约林平到熊猫研究所见面。在研究所里，林平向金明介绍了熊猫的单性繁殖试验，他从因病死去的熊猫身上取出十几个卵细胞，再往卵细胞里注入一种“细胞松弛素B”。“细胞松弛素B”能加速细胞分裂。那个没有受精的卵细胞经过“细胞松弛素B”处理之后，移到他设计的“人工胎盘”里，结果得到了十几只活泼可爱的小熊猫。有趣的是，这十几只没有父亲的熊猫全是雌的，而且长得与病死的雌熊猫一模一样！

后来，林平的研究所又更进一步：不用卵细胞，而用熊猫身上普通的细胞，经过一系列复杂处理之后，竟然也在“人工胎盘”中

诞生了小熊猫！

林平告诉金明，这是一句古话“无心插柳柳成荫”给他的启发。

正当林平沉醉在他的科学畅想曲之中时，金明给他敲响了警钟：“林平同志！你应当注意自己的安全。我也将采取措施，保护你的安全。”

渐渐地，林平与被人们称为“智多星”的金明成了知心朋友。金明是个通才、杂家，他引导林平朝专业以外研究。当林平研究成功熊猫的单性繁殖方法之后，金明劝他再进行猪、羊、牛、马、鸡、鸭之类的单性繁殖研究，以便使广大人民吃到更多营养丰富的食物。

金明已觉察到国外间谍机关千方百计想获取熊猫单性繁殖秘密的动向：他们企图利用这项成就，到一个荒岛去繁殖出成千上万个富有力气的工人与具有勇敢精神的士兵，让这些工人与士兵为一个外号叫“大胖子”的垄断资本家服务。这个间谍计划即是“熊猫行动计划”。那个死去的假林平则是在熊猫行动计划中妄图窃取熊猫单性繁殖资料打头阵的小特务。

金明知道林平的研究工作事关重大，除呈报上级机关，立下专案——代号为“X–3”案件外，又拟订了一整套周密的破案行动计划。他请求上级立即把林平的研究工作列为绝密级，同时大胆地劝林平进行有关人的单性繁殖试验。

一个复制林平的计划开始实施了。起初，这个“林平”从“人工胎盘”里诞生，比芝麻还小。渐渐地越变越大，变成像鸡蛋那么大，变成像西瓜那么大，变成像枕头那么大。后来，金明劝林平往“林平”身上注射催长剂，没多久，就变得跟林平一模一样大小了。

这个“林平”经过训练，开始有了意识，会做些简单的事，讲些简单的话。他们把假“林平”放在林平家中，在会客室的一张沙发里，安装了警报器，只要有人一坐上去，马上会发出警报。

“大胖子”派出老练、狡诈的女间谍伊娜，装扮成林平的表妹来找林平。“林平”招呼她坐下，她拿出烟来敬“林平”。“林平”摇了摇手，表示不会抽烟，于是，伊娜独自抽起烟来，把烟朝他的鼻孔吹去。“林平”倒下了。她就用一把新式解剖刀取下了“林平”的脑子，准备从窗口跳出，以便把“林平”的脑子放到“记忆再现机”去再现。突然一道刺目的白光照到伊娜脸上。她被捕了。“熊猫行动计划”彻底破产了。

《乔装打扮》，群众出版社，1980年11月

归　魂

叶永烈

剧场里，乐队在伴奏“宝石花”的旋律；舞台上，109研究所的副研究员、芭蕾舞业余爱好者陆明，正在轻快地跳着“宝石花”。

乐队从合奏改为小提琴独奏，突然，“啪”的一声，琴弦崩断，全场静止。正在这时，突然传来了轻快的口哨声，一位观众——声学研究所的副研究员朱葛，按“宝石花”的旋律吹着口哨。声音优美动听，代替了小提琴。

这样，陆明便与朱葛相识了。

陆明的父亲陆浩，是一位十分有名望的科学家。他是立体电视的发明者，目前正在进行一项十分重要的试验，引起了国外的重视。一张报纸上登着：“中国境内出现异常情况，据侦察卫星报告：一个多月来，中国境内突然出现一批导弹基地，不久又神秘地消失了。这一情况，正引起有关部门的深切关注。”

绿山市公安局派专人送来重要文件，告诉陆浩：国外潜入两个

间谍，一个代号叫“X”，一个叫“Y”。X至今下落不明。他们注视的对象当然是陆教授与他的试验。

陆明26岁，修长的个子，很苗条，长长的睫毛包围着一对乌亮的大眼睛，烫发，穿着高跟鞋。今天，她认真地打扮着自己，为的是奉爸爸之命去接上级给他派来的金医生，更为的是去迎接从国外考察回来的科学代表团成员朱葛。

朱葛是研究声波的，著作很多，如《声学概论》《声波原理》《论次声波》《超声技术》等。业余爱好也很广泛。经过接触，他们谈得很投机。朱葛十分敬仰陆浩教授，很想见到他，陆明同意星期天请他到家里来，但断言他见不到她的父亲。

果然，朱葛没有见到陆浩教授，而只见到虚假的、用立体电视发射器发射的电磁波，形象与陆浩教授一样，但不是真的。

当陆浩教授的老朋友陈冰教授告诉陆浩，朱葛是《声学概论》的作者时，陆浩教授十分愿意见他。并说他们的研究有共同点，要向他请教。

又是一个星期天，正逢陆教授60岁大寿，金医生、朱葛、陈冰、陆教授的小孙子与陆明一起到野外去打猎。

陈冰和陆浩在林荫大道上慢慢踱着，一个穿着猎装、背着猎枪的背影在鬼鬼祟祟地跟着他们。他俩走进一个寺院，看到方丈室里空无一人。陆教授说要休息一下，陈冰一个人出去游逛。后来，朱葛来到方丈室，陆教授见了非常高兴。他从包里拿出一瓶汽水，递给朱葛，朱葛谢绝了，从自己的包里拿出一瓶汽水，用抖抖索索的手撬开盖子，顿时从瓶里冒出一股强烈的气体，陆教授立即昏倒在地。

那穿着猎装、背着猎枪的黑影终于露面了。这是一个个子高大而又消瘦的老头儿，他对朱葛说：“还站在那里干什么？快动手，把他脑袋里的信息取出来复制！”

朱葛木然呆立，用颤抖的声音说道："我的手已发软，不敢动手。"

老头儿正准备自己动手，在门口窥视的金医生用激光手枪向他开了一枪。老头儿急忙掏出匕首，朝金医生掷去。刀从金医生的脑袋穿过，"砰"的一声，插在方丈室的柱子上。原来，这个金医生是由立体电视发射器发射出来的假人。这时，真正的金医生逮住了那老头。原来，他就是Y，朱葛就是X。

陈冰教授的关于记忆分子的科学情报给"COK"间谍集团窃取后，他们为了得到陆教授的研究成果，在科学代表团回国途中，见到朱葛走进候机室休息，就以他为攻击目标。由Y给朱葛抽一支烟，烟里装有麻醉药，朱葛一抽就昏过去了。他们就把朱葛抬上救护车，在车上进行手术，向他脑中输入间谍的记忆分子和信息，使他成了一名间谍，当中国科学代表团闻讯赶来时，他们很快就交还了朱葛。

陈冰决心要从朱葛的脑子里取出间谍信息，使朱葛的脑子恢复原样。

不久，陆教授恢复了健康。

在山间的小道上，又传来了朱葛"百鸟朝凤"的哨声。朱葛和陆明在月下散步。生活使他们的感情更加深了。

《乔装打扮》，群众出版社，1980年11月

“杀人伞”案件

叶永烈

滨海市公安局侦缉处处长金明接到11路地铁列车打来的电话，说：“‘407’国防工程副总工程师陆宏被人用伞刺了一下，昏迷不醒……”他放下电话，马上赶到现场，察看情况，并随即和助手戈亮、陆副总工程师的司机吴英一起，送陆宏去中心医院抢救。

在手术室外一间安静的小房间里，金明正在和吴英交谈。吴英讲述了当时发生的情况：在地铁车厢里，陆宏突然喊了一声“唷”。我回过头去一看，原来有个旅客不小心把雨伞的伞尖碰到了陆宏的小腿上，那位旅客倒很有礼貌，向陆宏连连道歉。过了几站，陆宏突然晕过去了，那位旅客也不见了。金明请吴英回忆一下那位旅客的特征和雨伞的样子。吴英思索了一下，答道：“那位旅客是男的，秃顶，络腮胡子，中等身材，50岁左右，左眉毛上有一小撮白毛。伞是黑色尼龙伞。”

正在这时候，手术室门开了，医院的李大夫走了出来。从李大夫的脸色，大家预感到了不幸，陆宏的生命已无法挽救了。

在手术室里，陆宏安详地躺在手术台上，金明掀开盖在陆宏身上的白被单，见全身完好，没有伤口，也没出血。金明从口袋里取出一个高倍放大镜，俯身仔细地察看陆宏的腿部，果真有一处地方隆起一个比一粒人丹还小的疙瘩。后来，李大夫从里面取出一颗银闪闪的圆珠，金明把它带回了办公室。

在实验室里，金明用一台“无损伤物质分析仪”分析，发现小圆珠是用贵金属铱做的。在X光显微镜下观察，小圆珠是空心的，表面还有两个很小很小的孔。小圆珠里面装的一定是一种毒药，这是什么样的毒药，只要这么一点就能置人于死地呢？金明陷于苦思之中。

一阵电话铃声打断了金明的沉思，戈亮报告说：在“407”工程的苗总工程师卧室窗外的柳树上，发现一只伪装成蝉的窃听器。看来敌人的魔爪又伸向了苗总。

又是一阵电话铃响，李大夫报告说，在陆宏血液中，查出了生物毒剂，很可能是蛇毒。金明马上从电子计算机中查到蛇毒研究所所长刘原的地址。10分钟后，金明和助手小张乘飞机来到山口市蛇毒研究所，找到了刘原所长。他们向刘所长讲明了来意，刘所长告诉他们，蛇毒比“山萘”还厉害，有的蛇毒只要0.1毫克就能使人致死。金明邀请刘所长一起去滨海市参加破案工作。

就在金明回到滨海市的半个小时之后，又发生了一起谋杀案件：“407”工程指挥部借用苗总的轿车去接北京来客，客人上车不久，其中一位突然昏死过去了。金明赶到现场，对轿车的座椅仔细地进行检查，在坐垫上发现了一枚钉尖朝上的小图钉。中心医院的李大夫也打来电话说：在客人的臀部，发现一个小疙瘩，里面也有一粒圆珠！

回到公安局之后，金明对破案工作作了部署……

晚上，苗总坐在临窗的书桌前，在写“407”国防工程第二阶段计划。在苗总公寓墙壁上出现了一个黑影，这个黑影居然能在墙壁上行走如飞，只见黑影爬近了苗总卧室的窗口，从口袋里掏出一支圆珠笔，把笔尖对准苗总的耳朵一刺。五六分钟后，苗总就昏死过去了。那个黑影一见苗总昏死过去，便爬下墙壁，双脚刚要着地，就被拦腰抱住。黑影连忙用别在胸口的宝石别针朝胸部刺了一下。

金明用手电筒一照，黑影原来是一个俊俏的姑娘，没一会儿，姑娘的眼皮就合上了。苗总和姑娘一起被送到中心医院。

姑娘经过抢救没有死。金明亲自对她进行审讯。原来，她名叫赵伶，是敌国间谍机关派来破坏“407”工程的女间谍，任务是谋杀苗总。

那么，陆宏究竟是谁谋杀的？在赵伶被救活的同时，陆宏、一位北京来客和苗总也被一一救活，这都是刘所长的功劳。刘原在蛇毒研究所研究蛇毒的时候，发现袋鼠不怕毒蛇，由于它的血液中有一种抗毒素。后来，刘原从袋鼠的血液中提取了这种抗毒素，对于解蛇毒非常灵验。这次就是用它来救活了陆宏他们三人。为了弄清谋杀陆宏的凶手，在一次审讯中金明发现，当陆宏出现在赵伶面前时，她的眉毛轻轻地跳了一下。金明马上带着助手戈亮、小张到赵伶的住处——建国旅馆1075号房间，再次进行搜查。在抽水马桶的水箱里发现有一包东西。打开外面包着的塑料布，里面是一把尼龙伞和一个秃顶头套、一个连鬓络腮胡子的胡须套，还有两只眉套，左眉上有一撮白毛。现在，真相大白了，陆宏也是被赵伶谋杀的。

《神秘衣》，新蕾出版社，1980年7月

奇人怪想

叶永烈

10年前，人们相继在阿里阿斯小岛滚烫的火山口，在南极严寒的冰原，以及在撒哈拉沙漠干热的沙丘上，发现了一种奇怪的大脚印。这脚印是长方形的，五个脚趾也是长方形的，每个脚印大约有写字台的桌面那么大！

为此，各国科学家都卷入热烈的争论之中。令人奇怪的是，从此以后，那奇怪的大脚印再也不出现了。

想不到，10年后在中国滨海市西郊的一座小别墅里发生的一桩窃听案，却使人们又记起了那奇特的大脚印。

事情发生在秋天。滨海市西郊风景如画的西山，是著名的疗养区。“1011”国防科学会议就选择在山顶上一座孤零零的别墅里召开。会议刚开了一天，我公安部门获悉敌奥罗斯间谍机关已经知道头一天会议的内容。于是，第二天清晨，滨海市公安局侦缉处处长金明和他的助手戈亮便赶来了。

在三楼会议室里，金明和戈亮用电子监听器细细检查着。结果，他们在正中那张沙发(一般来说，会议的主持人总是坐在这张沙发上)前左脚朝里的一面，发现了一只图钉那样大小的微型窃听发射机。这是奥罗斯间谍机关常用的间谍工具。它是应用现代化的电子技术设计的，小巧而灵敏度高，能够窃听100米以内的轻微谈话声，然后把这声音用电波发射出去。

当金明在微型手电筒的亮光下观看沙发下面的时候，他发现了一个奇迹：打蜡地板上清晰地留着两行奇特的脚印。这脚印是长方形的，五个脚趾也是长方形的，而整个脚印却只有一粒绿豆那么大！这就使金明联想起10年前曾在阿里阿斯火山口、南极冰原、撒哈拉沙丘上出现过的大脚印。这小脚印跟大脚印形状酷似，只是大小悬殊。

这奇特的小脚印究竟是怎么回事呢？这时金明计上心来，故意大声地对戈亮说："会议已改在一楼举行了。"显然，这是讲给沙发下的微型窃听发射机听的。接着，他们在一楼会议室的四壁、天花板、地板上，安装了八只微型电视摄像机，然后退到隔壁的一个小房间里，通过电视屏幕观察会议室里的动静。

下午的会议要到两点钟才开始。在一点钟不到的时候，猛然，一个小小的黑点引起了金明的注意：小黑点从门上敞开的气窗飞了进来，歇在天花板垂下的吊灯上。金明把画面放大，原来是一只蜻蜓。从那蜻蜓身上下来一个只有火柴梗那么高的小人。这小人长着长方脑袋，长方身体，长方的脚板，长方的手掌，浑身银光闪闪。它迈着稳健的步伐，走上吊灯，把一个像图钉帽儿那样扁圆形的东西，粘贴在吊灯的金属链条的背面。

那小人安装好窃听器后，便爬到蜻蜓背上，蜻蜓起飞了。正在这时，那扇敞开的气窗已被金明轻轻地关上了。试图飞出室外的蜻蜓，一头撞在气窗玻璃上。顿时，响起了"啪啪"两声，那蜻蜓与小人从画面上消失了。金明断定，那只蜻蜓是一只遥控电子蜻蜓，它能自动飞行。在蜻蜓和小人身上，都装有"自爆装置"，一旦发生危险，就会自我爆炸，销声匿迹。

正当金明和戈亮在屏幕前紧张地工作的时候，另一个助手张正也按照金明的命令，紧张地探索着那遥控电子蜻蜓的电波来自何方。他用电子搜索器查明，在西山西边的山头上，有一幢米黄色的二层楼房，正在不时发出电波。就在金明、戈亮和张正走近那幢楼时，一件意外的事情发生了：戈亮突然发现，在门前一丛菊花下面，有一个寸把长的小人，正在窥视着他们。戈亮心里一急，伸出他那双大手，谁知他的手刚一碰到小人，“啪”的一响，小人粉身碎骨了，不见了。

目标已暴露，形势已是千钧一发。金明当机立断，率领公安战士朝那幢楼跑去。在二楼的一间房子里，在一块多画面的挂壁电视屏幕前，一个戴着耳机的秃头矮老头儿立即被逮捕了。他不是中国人，由于会讲汉语，被奥罗斯间谍机关看中了。这次，他以电子木偶剧团导演的身份，带了300个小人儿和10只电子蜻蜓来到中国，进行非法的间谍活动。

那小人叫遥控微型机器人。它跟一般的机器人有两点不同。一是个子特别小，二是用无线电进行遥控。在每个小人的脸上，都安装了一个微型电视摄像机。小人出去了，它所见到的景象，矮老头儿可以从电视屏幕上看到。由于这电视屏幕上有好多画面，所以矮老头儿可以同时遥控许多微型机器人。

在金明的追问下，矮老头儿交代了微型机器人的来历。10年前，那三条轰动世界的新闻引起了奥罗斯间谍机关的注意。他们用电子计算机查出，一个署名“格列佛”的人，连续在三个不同的杂志上，发表了三篇有关的论文。经过调查和分析，才终于查出，“格列佛”是威尔斯教授的笔名。

威尔斯教授的绰号叫“奇人”。他自幼常沉醉于各种“怪想”：他自己变成了巨人，像哥伦布一样去征服海洋，征服沙漠，征服一切人类未到过的地方。后来，威尔斯成了电子学教授。他秘密地制成了“遥控巨型机器人”。在阿里阿斯火山爆发时，他遥控巨型机器人登上了火山口；后来，他又遥控巨型机器人考察了南极和撒哈拉大沙漠。

奥罗斯间谍机关把威尔斯教授秘密地诱骗到了奥罗斯岛上。间谍们认为，巨型机器人目标太大，如果用同样原理制成微型遥控机器人，在间谍工作中简直是妙用无穷。于是，间谍们花言巧语，对教授说，制成微型机器人可以跑到人的肚子里开刀，减轻病人的痛苦。威尔斯教授听信了这些谎言，果真制成了微型机器人。

奥罗斯间谍们用微型机器人盗取了许多国家的科学情报，一直是鬼不知、神不晓。这一次，撞在金明的手中，才第一次露了破绽。

《儿童文学》，1980年第4期

碧岛谍影

叶永烈

清晨，滨海市公安局侦缉处处长金明和他的助手，乘着“蜜蜂”牌直升机来到了海上小岛——碧玉岛。昨天夜间在这里发生了一起重大案件：人造金刚石研究所所长罗丰的夫人突然失踪了。

这一案件的发生不是偶然的。三年前，在国际博览会上，我国第一次展出了像西瓜那样大的“水晶”——人造金刚石，震惊了全世界。要知道，当时世界上发现的最大的一颗金刚石，也只有一块普通的肥皂那样大小，至于人造的大颗粒金刚石就更小了，只有一粒米那么大。

就是在这次博览会上，人造金刚石研究所所长罗丰引起了奥罗斯财团的注意。为了窃取人造金刚石的秘密，他们曾先后两次派出间谍试图绑架罗丰，然而这些阴谋都未能得逞。鉴于这种情况，根据金明的建议，罗丰的家和他的研究所秘密地搬到了碧玉岛上。

但是，这个秘密很快便被奥罗斯财团察觉了。这个财团的间谍还发现了一个重要线索：罗丰经常来往于滨海市和碧玉岛之间。有一艘玻璃钢艇是罗丰专用的。于是，他们在罗丰的专用艇尾部，安装了微型发射机。通过发射机发出的讯号，他们就可以对罗丰的行踪了如指掌。

昨天下午，陪同罗丰到滨海市的罗夫人，乘着玻璃钢小艇独自回岛，而罗丰却因为要参加一个会议留在滨海市。奥罗斯财团的间谍误认为罗丰已回到岛上，于是就决定在当天夜间再次绑架罗丰。

那个间谍来到了罗丰的住处。他原先打算往罗丰卧室里施放高效麻醉剂，使罗丰麻醉，然后在他失去知觉的状态下把他劫走。可是，当他用一种具有可塑性的半软质塑料万能钥匙打开房门以后，才发现弄错了。他想，劫走罗夫人，作为人质，也是很有价值的，于是动手绑架了罗夫人。

从床前地面上的脚印和门把手上残留的手印，金明推断作案的是一个男性间谍、白种人。但是，那个间谍是怎么来到碧玉岛的？在劫走罗夫人之后，他又是怎样离开碧玉岛的？

原来，奥罗斯财团不仅派出了“鳄鱼”号核潜艇在碧玉岛附近游弋，还采用最新式的间谍工具——潜地艇。潜地艇的两头装有钻头，钻头上镶着人造金刚石。它是用原子能做动力的，能在地下做长时间的航行。由于潜地艇能够在地下航行，使间谍们入地有了门；在深深的地下，它行动诡秘，很难被人发觉。那间谍就是靠潜地艇劫走罗夫人的。

经过侦察和分析，金明决定引蛇出洞，让玻璃钢艇返回碧玉岛。间谍们以为，这是罗丰得到夫人失踪的消息后回岛上来了，决定再冒一次险，绑架罗丰。他们万万没有想到，金明已布下了天罗地网，间谍们和他们的潜地艇成了瓮中之鳖。

经过谈判，奥罗斯财团同意以罗夫人和被俘的间谍对换。罗丰和他的夫人团聚了。这位罗所长紧紧握住金明的手，连声道谢，并告诉他：“我国自己的潜地艇已制造成功。他们制造潜地艇是为了进行间谍活动；而我们是为了造福人类。”

《少年科学》，1980年6、7月号

弦外之音

叶永烈

今年的“哈尔滨之夏”音乐会上，出现了一颗“新星”——年仅六岁的台湾女提琴手上官玉明。她像第一流的成年提琴手那样，出色地演奏了各种风格的世界名曲，博得了一片赞美声。令人奇怪的是，一个6岁的小女孩，为何竟有如此高超的琴艺！

原来，上官玉明的母亲欧阳文秀，在20多岁时就已经是台湾第一流的提琴手。她拒绝了派人前来求婚的达官显贵和豪绅富商，而选择了她父亲——医学教授欧阳予清的得意门生、一位贫寒而正直的青年人上官永华，作为自己的终身伴侣。自从有了女儿上官玉明后，她每天下班后便教女儿拉小提琴。

万万没想到，在台湾音乐节的前夕，一场灭顶之灾降临了。台北银行董事长兼总经理诸葛云飞派人来找欧阳文秀，要她在音乐节上把第一名让给诸葛总经理的未婚妻，欧阳文秀断然拒绝了这个无理要求。紧接着，一个事先策划好的阴谋开始了。在音乐节上，当欧阳文秀登台演出时，她意外地发现，四根琴弦已被人弄断了三根。凭着她那高超而娴熟的琴艺，欧阳文秀竟用一根琴弦坚持演奏，无可匹敌地赢得了绝对冠军。不幸，就在当天夜晚，欧阳文秀和她的丈夫惨遭毒手，离开了人间。她的父亲欧阳予清检查了现场，女儿和女婿既无伤口，也无血迹。女婿腮部一只被打死的蚊子——一只用金属做成的蚊子，引起了教授的注意。在女儿的脖子上，他也查到了一个被蚊子叮后隆起的小疙瘩。

为了杀人灭口，诸葛总经理派人带着那奇怪的“蚊子”，来谋害欧阳予清。不料，这“蚊子”却被早有警惕的欧阳予清教授逮住了。

这种电子蚊子比普通的蚊子稍大一点，可以用无线电遥控，只要把遥控箱对准目标，它就会自动向目标飞去，发动“攻击”。当电子蚊子的刺管刺入人的皮肤后，里面的蛇毒便流入人体，使人猝然死去。

为了实现女儿、女婿生前的愿望，把外孙女培养成第一流的提琴手和医学专家，欧阳予清取下了女儿和女婿的脑子，用上官永华的父亲、中山医学院教授制成的蛇药解毒。欧阳予清又从女儿和女婿的脑中成功地提取了“记忆分子”，并把它们注射到外孙女的脑中。上官玉明有了这样的记忆分子，再经过训练、学习，便以极快的速度掌握了小提琴的指法、弓法，背熟了许多中外小提琴名曲，成了一名“新星”。经过学习，上官玉明还懂得了许多医学知识。

在“哈尔滨之夏”音乐会上，与其说是上官玉明获得了成功，倒不如说是欧阳予清的科学研究获得了成功。不过，人们只是听到了上官玉明美妙的琴声，却听不到欧阳予清的弦外之音。

《科学24小时》，1980年1月号

乔装打扮

叶永烈

一位20多岁的华裔青年，姓胡，单名彬，中等身材，眉目清秀，长着一双聪颖而流露出顽皮神色的大眼睛。胡彬是在香港的育婴堂里长大的，10多岁时被卖到这里，在一个华裔阔老板家里当佣人，至今已有10多年了。

他从报上看到普罗米修斯电影制片厂招聘中国演员的广告后，便跃跃欲试。他想，如果能碰巧考上，不是可以摆脱寄人篱下的生活，登上电影明星的宝座了吗？转而一想，许多人去应考都没能考上，我能行吗？他翻来覆去地想了几天，终于灵机一动，演出了一场“假戏真做，众人上当”的喜剧。谁知弄巧成拙，惹得导演生气，反而吹掉了。

不过，也正是这样，胡彬居然被另一家挂着“奥罗斯电影股份有限公司”招牌的老板看中了。没几天，一辆“奔鹿牌”小轿车，把他带上了另一条生活道路。

这个奥罗斯电影股份有限公司设立在一个小岛上，名为电影有限公司，实际上是奥罗斯财团的一个间谍机构，专门刺探各国军事、科学情报，利用这些新技术牟取暴利。

被欺骗进来的人，一旦知道真相后，甘心为奥罗斯财团卖命的是很少的。可是，当你被他们选中之后，不管你愿不愿意，也休想逃出这个孤岛，这就迫使你不得不服从他们的摆布。胡彬就是其中的一个。

奥罗斯间谍组织对中国发现的“钟”、“铧”两种新元素，十分感兴趣。特别是“铧”，他们认为肯定是一种极好的原子弹材料。因此，早就垂涎三尺，并注意在华侨和华裔中物色间谍对象。当他们对小报上看到“假戏真做，众人上当”那条新闻之后，觉得胡彬是一个很合适的对象。于是对胡彬采用了一系列欺骗、利诱手段，最后迫使他就范。

后来，胡彬经过专门训练，成了一个相当老练的间谍。为了使他熟悉中国的环境，胡彬多次作为一个旅游者，在中国进行广泛活动。奥罗斯财团的老板警告胡彬，在他旅游时，不得进行任何间谍活动。因为胡彬是作为重要间谍使用的，不应该随便暴露身份。

经过调查、收集材料和反复研究之后，一个以追踪君峻教授，窃取“钟”、“铧”两种新元素的科学情报，并被命名为“假戏真做”的行动计划制订出来了。这时，胡彬的小箱子里带了各种准备好的面具和服装，这就使胡彬能够“摇身一变”而成为络腮胡子的采购员、眉目清秀的男青年、中年烫发的女人、满头白发的女外宾。

化妆头套是普罗米修斯电影制片厂著名化妆师史密斯和一个著名外科医师合作创造的。这种面具采用特殊泡沫橡胶制成，和真的皮肤一样，不仅颜色像，而且有汗毛、汗孔，可以透气、透汗。它原是外科医师专为烫伤病人制造的人造皮肤，史密斯利用这种皮肤制成了电影演员的化装头套。他的贡献在于发明了一种振荡器，演员只要按一按振荡器电钮，就可以极其迅速地戴上或取下头套。这就给电影演员化装带来了方便。想不到这种新技术被奥罗斯财团间谍组织看中了，他们利用同样手段将史密斯骗到岛上，为胡彬制造了许多头套。

胡彬还经过拟音训练，他能够模拟男人、女人、小孩、老人的声音。正因为胡彬是这样一个善于乔装打扮、采用新间谍技术的重要角色，所以像一条泥鳅似的，几次骗过了我公安局侦察人员。然而“白骨精”是斗不过“孙悟空”的，不管他多么狡猾、善变，最后终究逃不出公安战士的天罗地网。

《科学24小时》，1980年第3、第4期

“逃会教授”的秘密

叶永烈

陶惠教授是中国著名的动物学家。他发明了从熊猫身上取下体细胞，经人工培育就能变成一只熊猫的“单性繁殖”方法，使濒于绝种的熊猫大量繁殖。这项科研成果使他获得了国际科学奖金，并成为世界著名的科学家。

陶教授成为科学界的明星之后，接踵而来的就是大大小小的会议请柬，各种各样人的来访，各地刊物的约稿……

本来，陶教授除了参加个别必要的会议，对待大大小小的会议，一律采取两个字——逃会。但是，这样又招来了种种非议：陶惠太骄傲了，架子大了……

后来，陶惠忽然一反常态，什么会都参加，而且自始至终奉陪到底，但他总有言在先——不作报告。这样，在短短的几个月中，竟然也参加了上百次会议。

有一次，在工艺美术品展览会的开幕仪式上，主持人当着几千名与会者的面，一定要陶教授讲几句，台下响起了暴风雨般的掌声。这时，坐在台上的陶教授满脸涨得通红，站起来结结巴巴地一句话也讲不出来，突然一扭头，溜下了主席台，坐上轿车逃走了。

这件奇怪的事发生后，引起了一位新闻记者的注意，经过对陶教授的“跟踪”，陶教授逃会的秘密终于被揭开了。原来，陶教授出于无奈，从自己身上取下一个体细胞，用单性繁殖的方法，加上催长素，在短期内育成了一个与自己一模一样的人。陶教授就让这

个假陶惠去参加各种会议。这个假陶惠虽然外形酷似陶教授，但智力平庸，无法发表演说，于是就在那次会上演出了“教授逃会”这一幕。

《鸿雁》，1980年1月号

球场外的间谍案

叶永烈

奇闻！奇闻！怪事！怪事！

中国队发现电子间谍，据传是B国队新设阴谋。

这是H港《新晚报》上的头版头条消息。该报记者陈波还报道说：今天下午四时获悉，在中国足球队下榻之亚洲饭店内，发现墙上装有窃听器……据权威人士估计，窃听器十有八九系B国队所设。B国队屡败于中国队手下，欲重夺世界杯，竟不顾国际体育道德，私装窃听器，以获得中国队情报。B国队如此卑鄙行径，已引起各国足球队员的强烈不满。

高级侦察人员金明，看完了这则发生在H港亚洲饭店的消息后，随即接到了H港警察总局邀请他去H港共同侦破“亚洲饭店案件”，以澄清视听，使世界杯赛顺利进行。经验丰富、深谙科学的金明，决定和戈亮一起前往参加侦破工作。

金明和戈亮乘坐超音速专机来到H港，受到警察总局长的迎接。这个大胖子客气地紧握金明的手，经过一番寒暄，金明表示愿意全力协助破案。

完全出乎人们的意料，在决赛之后的第二天下午，H港各报社、电台、电视台的记者们便接到通知，金明将举行记者招待会，回答记者们关于“亚洲饭店事件”的问题。通知是由H港警察总局发出的，通知上印着金明抵达H港时对记者说过的一段话：

“中国有句谚语——‘妆未梳成不见客，不到火候不揭锅’。不日我当举行记者招待会，把真相告诉诸位。”

这通知使记者感到震惊，金明怎么会那样快破案？罪犯究竟是不是B国足球队？

亚洲饭店的接待大厅早已被记者们挤满了。朱局长简单地讲了几句开场白之后，就请金明介绍破案经过。

金明接过话筒慢条斯理地说："这次，趁世界杯足球赛在H港举行之际，他们早在几个月之前就赶到H港来，策划了阴谋。他们得悉中国足球队预订的房间号码，估计肖勇是球王，肯定会住在那两个单间中的一个，便事先在那里安装了窃听、窃视装置。后来，肖勇到达H港，他们又派出了最漂亮的姑娘——魏英冒充记者，多次前来采访。魏英知道肖勇不住在单间里，就借口要给肖勇拍摄他伏案写作足球论文的照片，进入肖勇的卧室。乘肖勇不备，把窃听器悄悄放到肖勇的床下……"

说到这里，《星星日报》的记者问道："魏英究竟是什么人物？她受谁的指使？他们为什么要监视肖勇先生？"

金明没有直接回答该报记者，却从手提包中拿出微型录音机，对记者们说："这里，有一卷魏英小姐在被H港警察捕获之后的自白，请诸位听一下。"

"我叫吴敏，魏英是我的假名，是罗波特公司的雇员。罗波特公司是专门研究、生产机器人的公司。我们的老板是个足球谜。几乎每一届世界杯足球赛他都要去看球。他怀疑中国的球王肖勇，年纪44岁，但是一点也没有衰老的象征，一直非常年轻，保持着'球王'的宝座。因此他开始注意肖勇，派人多方搜集有关肖勇的种种资料，终于得出一个惊人的结论：肖勇是个机器人。为了进一步证实，他着手制成了一个'世界杯行动计划'，对肖勇进行监听、监视，重点放在卧室里。在获悉中国足球队将要居住的房间号码之后，我们在那里预先安装了窃听器和电视录像机。谁知肖勇来了以后，不住在这些房间里，使老板大为扫兴。于是，派我以采访为名，进入肖勇的卧室，把微型录音器放在床下，结果竟被肖勇发现了。为了混淆视听，老板要我打电话给《新晚报》，说在球王肖勇床下发现窃听器是B国足球队玩弄的阴谋。《新晚报》得此消息后，当天就发表了这条新闻，因此掀起了一场谴责B国队的风波，而我们却从中逃之夭夭。谁知金明先生的慧眼识破了这一圈套，我们被抓住了！最使我们感到震惊的是，中国队宣布，决赛如期举行！这个消息意味着，中国队并不以为窃听器是B国队安放的。这样一来，把水搅混的阴谋败露了。紧接着，在进行决赛的时候，传来了使人震惊的消息：金明是一位电子专家。他拆开窃听器之后，断定其中的元件是罗波特公司生产的。还有消息说，亚洲饭店的招待小姐认出来找肖勇的女记者，原先曾在那里住过！

“这些消息不断传来，老板感到阴谋马上就会被识破，于是决定在夜间当各国足球队以及各界人士前来祝贺中国队荣获世界杯时，指使他手下的人混入其中，劫走肖勇。如果劫持成功，把肖勇这个机器人拆开，查清其中的电子线路和机械结构，可以大量进行仿造。万一劫持失败，当场拆开，只要公众都知道肖勇原来是机器人，就可以使中国队信誉扫地。如果肖勇是真人，所有前往绑架的人，都矢口咬定自己是B国所派，还可以再次嫁祸于B国。”

录音放到这里，金明把微型录音机关上，结束了“女记者”的自白。

金明接着说道：“这天晚上，来宾们纷纷离去。中国足球队员们劳累了一天，都进入了梦乡。这时，肖勇所住的那个房间，被一把钥匙轻轻打开。不速之客悄然走进肖勇的卧室，便惊讶得手足无措——肖勇没有在卧室里，而是10多个H港的警察在座等他们的光临！他们就这样当场被捕获了。”

尽管金明在记者招待会上详细说明了间谍案的侦破经过，可是，他只字未提肖勇的真面目。这事情说来话长，得从领队沈定谈起。沈定是医学院医疗体育系科班出身。他深为运动员青春短暂而惋惜。培养一个运动员多么不易！可是，当他在技巧上日益成熟时，在体力上却已日趋下降。不得不忍痛退休。

为了延长运动员的青春，他进行了研究，发现人的衰老跟血液中一种“T淋巴细胞”有关。T淋巴细胞具有抵抗癌细胞、病毒、病菌的本领。可是，随着年龄的增长，人身上的T淋巴细胞越来越少。

沈定做了这样的试验：从一只小老鼠身上抽血，把T淋巴细胞提取出来，用人工方法进行培养，然后冷藏起来。当老鼠衰老了，把T淋巴细胞注射进去，结果老鼠充满活力，“返老还童”了！

这个试验成功后，他决定推广到人身上，首先拿自己进行了试验，又获得了成功，他感到自己年轻了，浑身有使不完的精力！

就在这时，一颗新星——肖勇在中国足坛上出现了。沈定希望肖勇能够青春常在，能够多为祖国争光。于是征得肖勇的同意，定期为肖勇注射自身的T淋巴细胞，使肖勇常葆美妙的青春。正因为这样，就闹出了这个笑话：罗波特公司老板把肖勇当成了高级机器人，演出了那场“亚洲饭店案件”。

《新体育》，1980年11月号

熊猫工厂

叶永烈

小舟10周岁生日的那一天，隔壁的高爷爷——熊猫研究所的所长，竟把一只天真可爱的熊猫送给他当生日礼物。

熊猫是非常珍贵的动物，全世界只有我们中国才有，是我国的“国宝”。高爷爷怎么会把熊猫当作生日礼物送人呢？

为了解答小舟心头的疑问，高爷爷带他到了熊猫研究所。在那里，小舟看呆了：在一个饲养棚里，竟有几千只跟猴一般大小的熊猫在跑来跑去。高爷爷告诉小舟说：熊猫的繁殖能力很差，每次产仔一两个，而且，小小的熊猫仔独立生活能力也很差，所以熊猫越来越少，差不多要绝种了。

高爷爷他们一直在寻找繁殖熊猫的好办法。后来，一件小事启发了高爷爷：春天，插入泥土的柳枝，长成了一棵柳树。一个细胞是否也能繁殖成一只熊猫呢？高爷爷从母熊猫身上取出一个细胞，移植到别的熊猫肚子里，结果，一只小小的熊猫生下来了。接着，他又试着从熊猫身上取出一个个细胞，放在装着营养液的玻璃瓶里培养，它们都被培育成了天真可爱的熊猫。就这样，高爷爷的熊猫研究所变成了“熊猫工厂”——能够用人工的方法培育出成千上万只熊猫来了。

《中国少年报》，1980年2月20日

雪姑娘

叶永烈

荣获全国女子高山滑雪全能冠军的李霞，为了迎接四年一度的冬季奥林匹克运动会的召开，更加勤奋地练习。她不怕酷暑，冒着火辣辣的太阳，在塑料滑雪跳台上反复练习，决心向世界冠军的宝座冲击。

岁末，李霞来到了雪山的世界——瑞典。她要求自己尽快适应这里的气候环境，顶着凛冽的寒风，抓紧练习。然而，一件不幸的事发生了。那天，呼啸的北风夹着雪粒，天空一片铅灰色。在茫茫的雪地里，李霞突然发现半坡上有个瑞典小孩正坐着狗拉的雪橇迎面驶来。为了避让孩子，李霞一头撞在一棵大树上，滚下了山坡，不省人事。当她被送进医院后，经医生诊断是严重脑震荡。第三天，争夺世界冠军的比赛开始了，李霞仍躺在病床上，生命处于危险之中。

经过中国医生和瑞典医生的抢救，李霞虽然渡过了危险期，但已丧失了记忆力。

李霞回到北京后，一直躺在医院里，负责医疗她的医生叫肖立，是一个治疗脑震荡的专家。尽管他能够用一些现成的办法，治愈一些轻度脑震荡的患者，但对严重的脑震荡却无能为力。肖立想，既然气功大师的头在撞钢柱、劈砖受到强烈的震动时能安然无恙，可见气功可以预防脑震荡。那么，能不能用气功来治疗脑震荡呢？于是，肖立拜气功专家为师，对气功进行了深入的研究，制成了一种“气功帽”，戴在李霞的头上。气功帽里装有一种奇特的电子发射器，射出一种类似于气功专家“外气”的看不见的射线，终于治好了李霞的严重脑震荡病。多时不见的笑容，又在李霞的嘴角上浮现了出来。

转眼过了三年，迎来了第四个冬天。

在这年召开的冬季奥林匹克运动会上，李霞荣获了世界女子高山滑雪全能冠军。

《南方日报》，1980年3月20日

飘忽不定的升力艇

应　其

故事发生在公元21世纪初。“空中5号”走廊突然出现了一艘飘忽不定的升力艇，里面乘坐着一个五六岁的孩子航天。空中交通指挥站派直升机去抢救它，它却摇晃着急速向低空坠落。

就在这时，一架银色的宽机身四发动机的巨型飞机疾驶而来。它就是飞机制造厂总工程师于飞设计的前来救援的空中回收母机。这架大型飞机对着急速下坠的升力艇猛冲过去，眼看就要相撞了，然而就在相撞前的几分之一秒内，大型飞机像子弹穿过螺旋桨的空隙一样准确，擦着升力艇的底部一闪而过。与此同时，它打开翘尾下宽阔的仓门，放出带引导伞的真空磁力吸盘。就在这一瞬间，不偏不倚，吸盘紧紧地吸住了升力艇的头锥。紧接着，巨型母机开动反推装置，紧急空中刹车，使这匹以数万马力奔腾的“野马”立刻平静下来。魁梧的巨机用真空缆管牵引着小艇缓慢地前进，好像一位母亲带领着孩子在街头散步。缆管被滑轮逐渐收卷而缩短，于是升力艇乖乖地钻进了母机宽大的腹中。巨机东去，空中交通恢复了正常。

升力艇和孩子航天都已化险为夷，但是升力艇是怎样升到天空中去的，却是个谜。航天的父亲初卫和母亲，乘着一辆暗红色的小汽车来到了机场。初卫就是那升力艇的设计者。他说出了事情的真相：

“早在大学读书的时候，我就知道比氢气球还轻的真空气球是一种理想的飞行器，但是制造这种真空气球的关键是材料。现在，高分子化学家和冶金学家的发明，为真空气艇的设计提供了这方面的理想材料。前者提供了蒙皮用的多层坚韧耐空纶合成薄膜，后者提供了高强度记忆合金丝网制成的骨架。我就用这种新型复合材料制成了艇身骨架。”

“什么是记忆合金呢？这是一种性质奇异的热变合金。在一定的温度下，把它制成固定的形状，经过热处理以后，就能‘记住’自己的形状，不管以后外力怎样改变它的形状，只要达到一定的温度，它就会恢复原来的固定形状。正因为这样，所以在严寒的冬天，这艘升力艇可以压缩得像个小小的篮球，但是春天的暖风吹过来后，温度达到了记忆合金的转变点，它就会膨胀变大，恢复到它原来固定的形状，也就是现在这种样子，而同时使骨架内层形成高度真空。我没想到，今年的春天来得这么早，早春的暖流触发了记忆合金骨架；更没想到航天这个小家伙，竟偷偷地钻到它的驾驶舱里，打开了阀门，把它升到‘空中5号’走廊去了，给大家惹了许多麻烦。”

有人问：“这升力艇的升力有多大？”“按照计算，升力艇的容积是25立方米，可以得到大约能升起一个小孩的静升力。这就恰巧把他给升到天上去了。”

“你打算把升力再提高一点，是吗？”于总工程师似乎看出了初卫的心情，“是的，下一步我准备利用太阳光和氢作为提供动升力的能源，使它与静升力互相补充。这样就可以得到更大的升力，使它成为可以乘坐一两个成人的真正的轻便小型飞行器。”初卫的话，使人们异常兴奋，眼前的事实不正是一项新发现吗？

《我们爱科学》，1980年7、8月号

异床同梦

应　其

自从20世纪60年代发现人的“快波睡眠”以后，罗田就被这种神奇的“快波睡眠”所吸引。当时，他正在宇航生理研究所工作。在反复试验的基础上，罗田提出了一项大胆的假设：人的思维活动可以像电视一样发射、接收，并显示在荧光屏上。可惜他的工作并未引起有关部门的重视。但在《水城日报》年轻女记者林潇潇的竭力帮助下，罗田的论文冲破种种障碍，终于在几种学术杂志上陆续发表了。在共同的战斗中，潇潇如痴如狂地爱上了罗田这个比她大10岁的“科学怪人”。

正当罗田在拼命冲击这个科学禁区时，由于某种原因，一对情人不辞而别了。

10年过去了，罗田终于辗转返回水城，并成功地研制了“催眠机”和“析梦器”等仪器。一个偶然的机会，罗田又与潇潇见面了。照理说，情人重逢应该是高兴的，但是，他们却很痛苦。因为10年前仓促的离别，罗田和潇潇之间产生了误会。这10年间，罗田从没有给潇潇写过一封信，潇潇在杨洁志的追求下，不得已与他结了婚。这次相会，使潇潇又回忆起往事，不觉心绪烦乱，思潮起伏。罗田通过仪器了解到潇潇的内心苦衷后，顿时大梦初醒，他恳求潇潇忘记过去的事情。

几天来，罗田百感交集。有一天夜里，他突然记起那天潇潇临别时曾带去一只脑电波放大环，于是就猛地从床上坐了起来，迅速调整好一系列旋钮，然后侧身而卧，打算在梦里向潇潇倾诉自己的衷情。与此同时，心事重重的潇潇近来也常为失眠所折磨。这一天她戴上放大环，感到一种舒适和恬静。她恍恍惚惚翻身下床，在书架上找到一本罗田曾借阅过的英语书，在书中意外地发现了10年前罗田给她的两封信。第一封信是离别前要潇潇与他相会一次，第二封信是埋怨潇潇没有按她自己约定的地点与时间去赴约。至此，潇潇才恍然大悟，原来有人插身在他们的爱情之中，巧妙地利用了这种误会，断送了他们的爱情。那么，这个人是谁呢？忽然她醒悟到，这个人就是她现在的丈夫杨洁志。想到这里，潇潇憎恨杨洁志，头也不回地出门而去，在外面她又意外地遇见了迎面而来的罗田。正当他们在倾诉衷情时，杨洁志也赶来了，拼命拉住潇潇往回走。在桥头上两人拉拉扯扯，一不小心，潇潇堕入河中……等潇潇醒来，才知是一场梦。自此以后，潇潇就珍藏着这个能在梦里与罗田会面的脑电波放大环。

《科学与生活》(天津)，1980年第6期

孙悟空遨游太空

尤　异

话说孙悟空跟随唐僧去西天取经，被如来封为“斗战胜佛”已1000多年了。这一日，忽然心血来潮想下山一游。途中遇到了猪八戒，便结伴而行，来到了太空之中。

他们俩变成蜜蜂，闯进了一座空间城市。实际上，这是一颗巨大的人造地球卫星，上面可以住成千上万的人。它是人们用火箭一块一块发射到天上，然后又在那儿装配起来的。空间城里共分三层：最外一层叫外城，是机器房和堆放货物的地方；中间一

层叫主城，是居民区，所有的住宅、商店、学校、影剧院都集中在这里；最里的一层叫内城，里面有各种实验室、研究所和工厂、农场。

他们飞进主城的一个俱乐部里。里面正在放映激光全息电影，正巧映到那白骨精变作年轻的妇女，在那里戏弄唐僧。由于电影是立体的，而且大小跟真人差不多，悟空便以为是真事了。他现了原身，大喝一声："白骨精，我老孙来也！"举棒便打。不想一棒打了个空，只听得观众齐声叫喊："莫放走扰乱秩序的孙悟空！"悟空慌了手脚，化作一阵风逃走了。他们飞进了内城。孙悟空摇身一变，变成一个知识分子模样的人走进了天文台。在那里，他见到了天文望远镜，还听到了工作人员介绍的天文知识。

悟空走出了天文台仍然变作蜜蜂，正想去寻八戒，却见一间屋子里火光直闪，里面正在炼钢。一面大大的凸透镜把阳光聚到一起，就直接把金属熔化了。由于物体没有重量，钢水悬浮在空中，像个火球一样，根本不用坩埚盛起来。这样炼钢既不用电，又不会混入杂质。悟空以为是到了太上老君的炼丹室，便想偷几粒仙丹尝尝。他现了本像，拔下几根毫毛放在嘴里嚼碎了喷将出去，叫声"变"，变成了几只瞌睡虫，钻入炼钢人的鼻孔。哪知这几个高温作业的竟是机器人，瞌睡虫根本不起作用。悟空只得化作蜜蜂飞走了。

悟空找到八戒后一起离开空间城，来到了月球上。他们举目一望：哪里有什么月宫和嫦娥的踪影，所见皆是峰峦叠嶂，坑穴密布，丘壑纵横，一派荒凉景象！

后来，他们跟着一辆月球车走进了中国科学院月球分院。只见里面花草遍地，绿树参天，真有些世外桃源的景象。在里面的露天矿场上，他们看到巨大的挖掘机正在挖矿石。悟空忽见几艘宇宙飞船赶将上来，心中一急，竟一串跟斗朝太阳翻去。他正翻得起劲，回头见飞船并未追来，于是放心往回走去。不一会儿，八戒气喘吁吁地赶上来，他们就近走了几个星球，却都是寸草不长。悟空叹道："这天太大，游到这里也罢，让我仍回地上一游吧！"说罢，竟撇下八戒，一串跟斗翻回地球去了。

《孙悟空遨游太空》，中国少年儿童出版社，1980年11月

温　娘

尤　异

马老太太过生日的那天，邮递员送来一封电报，落款是"上海轻工业研究所马守本"。马守本是马老先生的侄儿。电报内容是：大娘60寿辰，侄儿谨致祝贺。寄上我所最新研制成的礼品一件。此物对大娘颇有帮助，二老定会满意，使用方法请见说明书。

星期天，老两口把货取回来，打开箱子一看，不禁吓了一跳！箱子里端端正正地躺着一个女人！

马老太太惊叫了一声，捂着脸躲开了。老马仔细瞅了几眼，原来是个假人！这个和善的妇女虽然穿着衣服和裙子，它的脸和手却都是弹性的乳胶制成的，没有脚，盖在裙子下面的是一对胶皮轮子。

老马从假人的身上找到了一本说明书，只见封皮上印着：家用机器人。

老两口翻开了第一页，只见上面印着：

此机器人专供家务用，可以代替家庭主妇从事扫地、擦桌子、整理床铺、烧水、做饭、计划家庭生活、招待客人等各项家务劳动。它还会哄小孩和照顾病人以及唱歌下棋等。马老太太看到这里，嘿嘿地笑了起来，高兴极了！

老马按照说明书的指引扭动了开关，机器人的眼睛转动了，两肘慢慢地弯曲起来，往地上一撑，转眼之间已站在木箱外面了。机器人朝着两位老人和善地点了点头，柔声细语地说："主人，请吩咐！"

老两口没料到还有这一手，一时不知道说什么才好。他们互相望了一眼，还是马老太太先搭话："您有名字吗？"

机器人摇了摇头。

老马兴致勃勃地对老伴说："我看它的性格怪温和的，叫它'温娘'好了！"

就这样，温娘正式成了这个家庭的一员。

第二天清晨5点钟，马老太太醒了，她看了看床上的电子钟，离规定的做饭时间只差一个小时了。她不由自主地望了一眼温娘，看它还是那么文静地站在那里，不觉有些疑惑。

转眼间，6点钟到了，只听得温娘的肚里轻微地响了一声，转过身去，两只轮子轻轻地把它送到厨房里。马老太太急忙起床，蹑手蹑脚地跟了过去，扒在厨房的门缝向里看，只见温娘按着她昨天教给的样子点燃了煤气炉，接着把米淘好下进锅里，一切都做得分毫不差。至此，她完全放心了。

6点40分，老两口洗漱完毕，温娘"走"过来道了一声"早安"，便把早餐放在桌上，然后转身去收拾床铺了。马老太太怀着极大的兴趣看着温娘把一切家务劳动都做得井井有条。

这样过了三天，马老太太便失去了观察机器人的兴致。家务活都让温娘做，她觉得无所事事，开始感到"失业"的无聊。她猛然记起说明书中印着这机器人的电脑中储存着800个词汇；可与人作简单的对话，便试着和温娘聊起天来；然而她很快又感到失望了。因为温娘的面孔虽然总是那么温和，但是说起话来却没有一点风趣，总是一问一答。试想，和这样的人聊天怎么能聊得成呢？幸亏马老太太记起了温娘还有另外一种本事，这就是善于唱歌。它不但原来就会唱许多歌曲，而且还能学会新的歌曲，只要让它听一遍，保管能一模一样地唱出来。马老太太特别爱看它那摇头晃脑地唱歌的样子，空闲的时候便让它一遍又一遍地唱。后来歌也听腻了，便索性与它打起扑克来。老马下班后，还常与它杀几盘象棋。可是无论是谁都从来没有赢过它。为此，老马一再夸奖它的设计师，一定是个高明的棋手哩！

在一次寒流过后，老两口忽然发起烧来。他们躺在床上起不来，马老头把温娘唤到床前，告诉它："我们得病了！"

温娘伸出手来轻轻地摸了一下两位老人的额头，又在他们胸前听了一阵，然后慢慢地说："你们得了感冒，没有并发症。用点药就会好的。"

温娘除了按照吩咐端茶送饭，还给两位老人按时吃药、打针，使老两口很快就恢复了健康。从此，他们对温娘也就更加喜欢了，觉得真人也胜不过温娘。两位老人对温娘非常放心，一切事任凭它去干。问题就由此而产生了。

一次，家里来了许多客人。马老太为了向客人炫耀一下温娘的"才能"，便故意让它去做饭菜，而自己却陪着客人聊天。哪知温娘对于简单的菜肴还能对付，对于复杂的爆炒便无能为力了，因为它根本掌握不了炒菜的"火候"。可想而知，端上来的不过是一盘盘大杂烩，根本没有中国菜的特色。令人啼笑皆非的是，它分辨不出白糖和盐。结果它把所有的菜都做成甜味。第一次表演就丢了脸。马老太太着实冒火！

一事不如意，往往就百事不如意。老两口无意中发现了温娘的另一个缺点，就是它的"死心眼"。一天，马太太上街看戏，临行时吩咐温娘："有人来时，告诉他主人不在，有事可告诉你，由你来传达。"看戏回来后，她忘了作新的吩咐，谁料又因此出了一桩笑话。三天以后，有个客人来访，温娘听到铃声便去开门。它对客人一本正经地说："主人不在，有事我可代您传达！"马老太太在屋里听了真是又好气又好笑，连忙亲自出来把客人招呼进屋。还有一次更是把老两口气得暴跳如雷，险些把温娘砸了。

事情是这样的：老两口要外出探亲，吩咐温娘看家，并嘱咐它：只有听到规定的敲门声才准开门，接着，特地在门上"咚咚"

敲了几下，让温娘“记住”这个暗号。可是当他们回来时，两人都忘了规定的暗号，无论怎样敲门，温娘就是不开。马老头气得在门外大叫起来：“我叫你把门开开！”温娘隔着门窗微笑地说：“你们的暗号不对！”他俩吼叫了半天，终于意识到这一切努力都是徒劳的。马老头一气之下，拣起一根木棒砸碎了玻璃，伸进手去拨开窗销，准备爬进去，想不到温娘却大喊起来：“来人哪！来人哪！”一刹那街坊邻居赶来，弄得老两口尴尬异常。马老头急忙跳进屋去，扭动温娘身上的开关，消除了事先规定的那个开门的暗号，方才了事。

从这以后，一连几天老两口对温娘很有成见，可是温娘毕竟是个忠心的管家，它那殷勤而又一丝不苟的态度，很快又博得老人的欢心。他们深深地感到机器人再好也是机器，它没有感情，更不会随机应变，只会照章办事。

《中国轻工》，1980年第3期

空中奇案

余俊雄

一年一度的国际航空博览会，在F国首都B机场开幕了。这是21世纪的首届展览会，也是举办这种展览会以来规模最大的一次。

在展览会东侧中国馆的场地上，停着一架巨型旅客机“金猴–2000”。它的外形像一支锋利的箭，透过宽大的舷窗，可以清楚地看到里面的上下两层宽敞的旅客舱。飞机的头部有上下两个驾驶舱。机舱顶部还有一个像飘浮着的荷叶似的、镶嵌着许多抛物面形状的太阳能接收天线。这架飞机可以乘坐1000名旅客，最高速度可以达到10马赫(即音速的10倍)，1小时可以飞行1.2万千米。这架高超音速旅客机受到各国来宾的注目。许多国家的专家和报刊记者像潮水般地涌进中国馆的会议室，与这架飞机的总设计师凌云辉交谈。凌云辉向与会的专家和记者作了详细的介绍。这架巨型旅客机备有两套动力装置，一套是原子能发动机，另一套是太阳能发动机。本届博览会东道主、F国航空部威尔斯先生宣布：现在决定利用明天休息的机会，邀请大家乘坐“金猴–2000”到中国北京游览一天。凌云辉还向大家介绍了担任这次飞行任务的驾驶员阿田。

这时，在中国展览场地的展台上，一件展品被人盗窃了。这件被窃的展品是“金猴–2000”号太阳能接收机的密码盒。很显然，这是为了干扰和破坏“金猴–2000”的太阳能能源，阻挠它飞行。威尔斯先生把凌云辉请到航空部大楼机密会客室商量。凌云辉告诉威尔斯先生，不必为此担心，那个被盗的密码盒，用的是作废密码。这时，威尔斯办公室的电视屏幕上出现一个人，手中拿着一件东西，他告诉威尔斯先生，有人投案并交出了那个密码盒。据交代，他是S国K情报机构派来破坏中国的“金猴-2000”的。他们还准备派人劫持这架飞机。威尔斯先生担忧明天的航行，但凌云辉表示还是按期进行。

在S国驻F国大使馆的密室里，以武官身份作掩护的D情报机构驻F国头目彼得洛夫，正在与一个戴棕色眼镜的人策划明天的劫持计划。

第二天早晨7点50分，各国客人纷纷登上停在跑道上的“金猴-2000”客机。8点整，“金猴-2000”在一片欢呼声中起飞了。飞机平稳地进入万里长空。昨天在S国大使馆里的那个戴棕色眼镜的人，满脸堆笑地走到凌云辉面前说，想去驾驶舱看看，坐在凌云辉后面的一个女翻译还自告奋勇地要陪他一起去。凌云辉同意了他们两人的要求。

他们走进驾驶室，那个戴棕色眼镜的人马上露出了狰狞的面目，要驾驶员往北拐，飞向另一个世界。那个女翻译摸出塑料激光手枪，对准驾驶员，要他执行命令，原来她也是个特务，驾驶员没理他们，原来驾驶员阿田是个机器人。面对这个没有感情和生命的机器人，他们想劫持飞机的计划落空了，只能采取第二个方案，破坏飞机。那个女翻译扣动激光手枪，一束耀眼的白光，穿过机器人的脑袋，紧接着一阵巨响，上驾驶舱与飞机自动脱开，并射出一顶降落伞，整个上驾驶舱顺利地降落在一个友好国家的国土上。后来，通过友好国家的协助，驾驶舱以及吓昏了的两个劫持者和受伤的机器人阿田，一起运回了中国。机器人阿田被送到人工智能修复所去修复。两个劫持者将受到中国人民的审判。

飞机由下驾驶舱的驾驶员继续操作，不久就在北京国际机场上降落了，机上的旅客一点儿也不知道刚才发生的一切。S国的阴谋破产了。

乘坐“金猴-2000”飞机的客人经过一天的访问，晚上在天桥剧场兴致勃勃地观看京剧“大闹天宫”。结束后，在天幕上映出了北京国际机场候机大厅全息立体影像，当“金猴-2000”飞机滑行到机场大楼前时，突然从驾驶舱中飞出一个金猴，在舞台上空一连翻了10个跟斗。当它在舞台上站定时，大家才看清，原来正是那个经历空中天险的机器人驾驶员阿田。它用几国语言对大家说：“参观到此结束，请诸位登机返航。”

接着，响起了一阵热烈的掌声和欢笑声。

《空中奇案》，福建人民出版社，1980年6月

丁丁战猴王

（美术电影剧本）

余又晨　欧阳宇平　胡进庆

丁丁正在观看电视《大闹天宫》，书桌上的一只台钟响起了一阵铃声，提醒丁丁做作业的时间到了。

丁丁拿出课本开始做功课。他觉得书桌上有点异样：练习本在翻动，铅笔在跳舞。原来，电视上的孙悟空正在玩得痛快时，丁丁关掉了电视机，孙悟空老大不高兴，于是，就从屏幕上跳了下来，责问丁丁为什么要关掉电视机。丁丁指了指墙上的作息时间表说：“时间已到，我要做功课了。”

做功课的事，孙悟空从来没有听说过。丁丁就给他解释：做功课就是学习知识。丁丁从桌上拿起一本《知识就是力量》的书在老孙面前晃了晃。孙悟空却哈哈大笑：“有什么力量敢和我比！”说着飞起一脚，正巧踢中封面上画着的金钥匙，哪知这金钥匙竟出现了奇迹：从书上飞到丁丁手里。老孙怀着好奇的心情，一个箭步跳

到丁丁面前，仔细端详道：“这是什么宝贝？”老孙的话还没有说完，金钥匙又变出了科学的未来世界：……一束碧绿的寒光。射向窗台上的玻璃花瓶，瓶颈随即变得通红，渐渐融化。老孙好奇地伸手摸一摸激光，“哧”的一声，手上的毫毛被烧焦了。老孙看看这金钥匙有点威力，拉着丁丁要与他比个高低。丁丁说声好，便骑在金箍棒上，与老孙一起飞出窗外。

在空中，老孙先挑战：“我能腾云驾雾。”说着就变成了一只老鹰。丁丁随即将金钥匙往空中一抛，金钥匙变成了火箭，很快地超过了老鹰。老孙急忙现出本相，一个筋斗超过了火箭。丁丁不服地说：“我们到太空再见分晓。”太空中没有空气，孙悟空脚下的祥云消失了，他在空中有劲使不上来，只得赶紧抓住丁丁的飞船。丁丁在飞船里看到老孙的狼狈样子，忍不住捧腹大笑。老孙不服地说：“下海去较量。”没等丁丁回答，老孙已松开飞船，向大海飞去。丁丁乘着潜水艇随后追去。老孙马上变成一只海龟，躲在礁石后面，叫丁丁来找他。丁丁一看，一只海龟长着一条猴子尾巴，高兴地说：“看见了，你的尾巴还露在外面哩！”老孙一听，赶忙变成一条大鲨鱼，张着大嘴向丁丁的潜水艇撞去，结果把鲨鱼的鼻子也撞歪了。老孙暗暗叫苦，赶忙变成犬牙交错的珊瑚礁，将丁丁团团围住。丁丁立刻发出一束激光，珊瑚礁被拦腰切断。老孙又赶快变成一只大乌贼，喷出一股股墨汁。他正在得意的时候，一下子被吸进了鱼类加工厂，被装进了乌贼罐头。老孙从罐头里钻了出来，只见他满脸茄汁，狼狈不堪。丁丁忍不住捧腹大笑，问孙悟空还比不比。老孙说还要比。说罢他便拔出一根毫毛，吹了口气，立即在地上长出一棵桃树，树上结满了桃子。丁丁拿起金钥匙，往地上一抖，地上也长出一棵高大的果树，树上结着桃子、苹果、香蕉等各种水果。老孙大为惊奇，丁丁告诉他这是用遗传工程方法培育出来的新品种。

老孙见到这把金钥匙有那么大的用处，想借用一下。丁丁说："不行！金钥匙只听我丁丁的。"老孙马上变成丁丁模样，谁也分不清他俩哪个是真、哪个是假。当他俩去抢金钥匙时，金钥匙又变成了电视机，从电视屏幕上出现了一个女孩，给他俩每人一张考卷，一支铅笔，由于老孙不懂科学，考卷上的试题答不出来，一下子就给那小女孩认了出来。至此，老孙只得显出原形，向丁丁表示认输。丁丁帮老孙学科学，老孙在纸上认真地写着："谢谢！再见。"

《生死未卜》，河南人民出版社，1980年8月

生命的奇迹

俞纪根　邓延陆

钢钢和妈妈随急救飞机护送爷爷去医院，到了急救室，他和妈妈焦急地等在门外。爷爷心脏病发作，由于发现得早，经过治疗，10分钟后就已经没有危险了。

钢钢好奇地问医生，你们怎么会知道爷爷发病的？医生指着一台机器说，就是这台远距离电子监护仪告诉我们的。原来爷爷身上戴着微型电子监护仪，病人一不正常，它就会自动发出微波讯号报警，监护仪收到讯号后，自动登记病情并通知医院值班室。

第二天妈妈去上班，钢钢独自去医院照料爷爷，门口的机器人看他没有证件，不放他进去。经钢钢说明，机器人才放他进去，并告诉他爷爷在17楼1782号病房。钢钢走到爷爷身边，只见床边放着一台电视机，这是供病人和护士交谈用的。护士在医院中心监护室，通过电视可以了解各个病人的情况。每张病床上都装着电子监护仪，随时记录病人的各种指数，在监护中心显示出来。

一会儿机器人来了，它在和爷爷握手时，不知不觉地取了血样标本。它又用高压无痛注射器给病人打针，给病人送饭。它是护士的助手，会做许多事情。

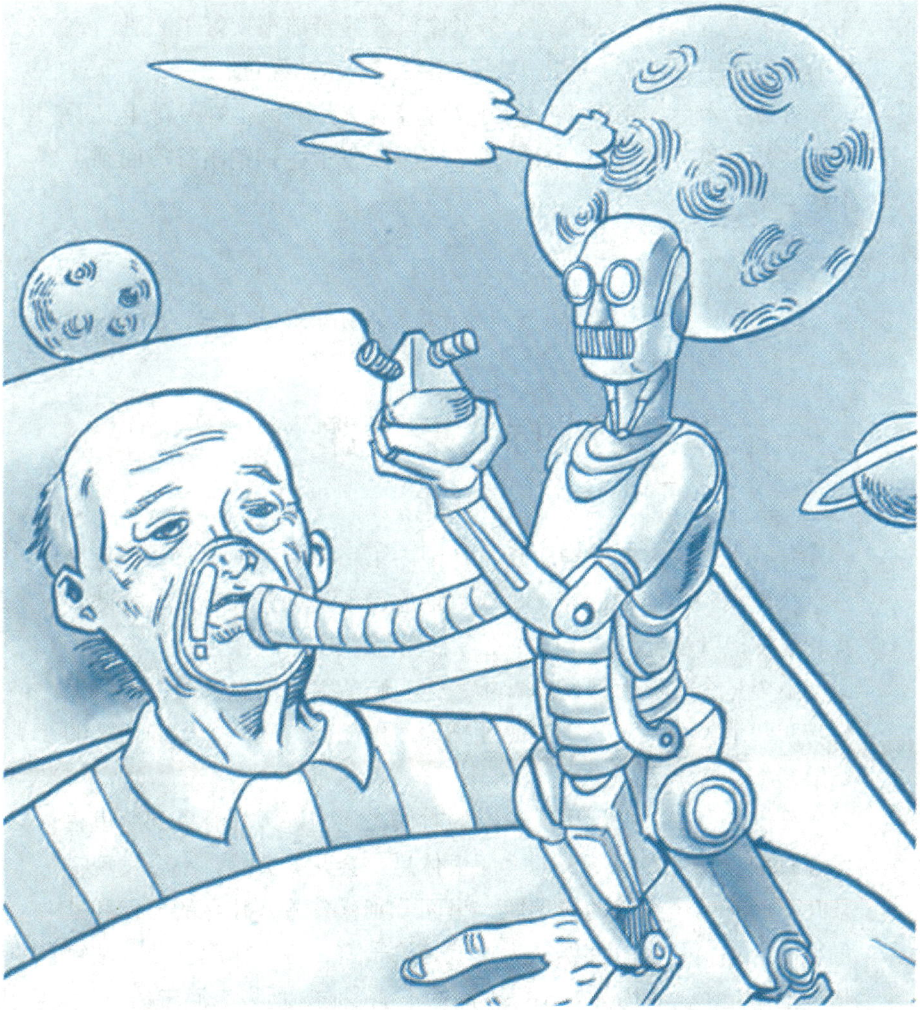

后来，医院给爷爷进行国际会诊。钢钢悄悄地去偷看：只见本医院里的医生在那里坐着，通过彩色全息电视跟远在外国的几位医生进行交谈和会诊。电子病情诊断仪对爷爷作出诊断，各国医生交换意见后，认为爷爷心脏严重损坏，得赶快做手术，换上人造心脏。

手术进行了一个小时，爷爷丝毫没有痛苦地被换好了心脏。钢钢的爸爸在宇宙飞船上通过卫星传播看了手术的经过。

爷爷手术后，钢钢陪他到月亮疗养院去疗养，他在月球上又看到许多新鲜事。过了半个月，爷爷完全恢复了，钢钢陪爷爷回到了地球。

《生命的奇迹》，湖南人民出版社，1980年5月

奇怪的“果子露”

袁兆平

海城生理研究所的毕所长，是国内第一流的生理学家，多年来一直从事大脑功能的研究。最近，他取得了一项重大成果，为此，我和报社记者小金、摄影师小王专程登门采访。

小金是个快活而健谈的青年，他头脑活络，消息灵通，一路上唠唠叨叨地说个不停。小王的性格却截然相反，她是个娴静斯文的姑娘，不喜欢说话。

我们一行三人来到毕所长家的时候，他正好因为有事到所里去了。我们只得先在毕所长的客厅里休息一会儿。突然，小金发现在茶几下面有两个细长的玻璃瓶，里面分别盛着芳香扑鼻的黄色和紫色液体。小金和小王都误认为这就是果子露，各自捧起一瓶，咕嘟咕嘟地喝光了。我因为胃不好，甜的不能多吃，所以点滴未沾。

不久，奇怪的事情就接踵而至：平时一天难得讲三句话的小王，一下子变得活跃起来；而活泼敏捷的小金却老老实实地端坐在沙发上，半天也不吭一声。我被他俩的性格变化弄糊涂了，正在苦苦思索，小王突然跳上汽车，回去拿胶卷了。

毕所长回来后，我把刚才的事告诉了他。他大吃一惊说："这哪里是什么果子露！"毕所长叫人把小金送到医院去，然后拉着我上了一辆小汽车，去追小王。

"能找得到吗！"我真担心小王的命运。"能！小王喝了那瓶东西后，这种物质的代谢产物可以用一种仪器来发现。"毕所长指指手上一个香烟盒似的仪器说。我们的汽车根据仪器指示的方向，终于在一家照相器材店里找到了小王，把她拉上车后，我们掉头便向医院驶去。

毕所长要我先到花园中休息一下，他递给我一份材料，我便聚精会神地看起来："研究人的性格，是现代心理、生理学的重要课题。从心理学的角度看，人的性格可分为四种气质类型。一是胆汁质类型。这种人精力充沛，容易激动，难控制自己，不肯安静；二是多血质类型。这种人反应快，活泼敏捷，爱参加劳动，有多方面的兴趣；三是黏液质类型。这种人情感不外露，斯文细心，办事稳重，反应较慢；四是抑郁质类型。这种人情感脆弱，胆小，拘谨，比较孤僻。为什么有这四种气质类型的区别呢？多年来，我们研究所一直在探讨这个问题。我们想：人的性格与大脑皮层的机能有关。而大脑的一切活动过程，都有许多复杂的物质参加。经过多年的努力，最近我们终于发现了决定人性格差异的四种物质，统称为'性格素'，代号是Sl、S2、S3和S4。它们是类似5-羟色胺前体的复杂化合物，主要分布在大脑皮层中，数量极少。我们一鼓作气，又用人工方法合成了它们，不久将正式投产……"

看到这里，我为毕所长的研究成果而高兴，同时又为小金和小王而担忧。这时，毕所长笑眯眯地走了过来，他告诉我："那两个玻璃瓶里根本不是果子露，黄的是S2，紫的是S3，只是加了糖浆和香精而已。小金和小王不是得了什么精神病，而是过量地服了S2、S3引起的一些反应，很快就能恢复正常。目前，我们正在研究，如何利用'性格素'来调整和改变人的性格，使之变得理想一些。他们俩无意中充当了试验者。看来，小金属于多血质，小王属于黏液质。由于小金服了产生黏液质的S3，小王服了产生多血质的S2，就分别改变了性格。当然，等药物分解完，他们还会和以前一样的……"

这一来，我才恍然大悟，原来是那奇怪的"果子露"惹的祸。

《少年科学》，1980年11月号

"死亡三角"探险记

袁兆平

近年来，虽然有不少科学家为了揭开百慕大"死亡三角"区之谜，提出了各种各样的假说，但一时还难以作出定论。

海洋研究所的杨浩教授准备去死亡三角区探险，把飞机和船舶失事的原因搞个水落石出。由于以往的失事大多发生在月圆之夜，因此，杨教授特意选了一个月圆之夜，和驾驶员赵怀生一起乘着"勇敢"号飞艇来到死亡三角区。"勇敢"号是杨教授亲自设计的，它既像一艘飞艇，身上装有喷气发动机，可以在空中飞行，又在尾部装着螺旋桨推进器，可以在海面上航行和潜入海里。这天晚上，"勇敢"号一会儿在空中盘旋，一会儿在水上巡弋。突然，好像有人在"勇敢"号身上猛击一拳，使它从2700米高空跌落到500米的低空，接着又落到海里，一直沉到海底。幸好它的艇身没有被撞破，还能在海里潜行。杨教授打开艇上的探照灯，发现在“勇敢”号前面有一艘沉船，船上有“乐福丸”几个大字，那是一艘在1925年4月28日失踪的日本货船。这时，驾驶员小赵又重新开动“勇敢”号的发动机，使它冉冉地上升，浮出了海面。

上岸之后，杨教授和专家们一起研究从“勇敢”号上取出的一只金属黑盒，黑盒里记录着各种各样的数据，经过分析，证实了杨教授提出的“气拳”理论是正确的。“气拳”是一种和龙卷风方向相反的强烈气流，龙卷风会把海水卷吸到空中，而“气拳”正好相反，会把飞机和船舶打落到海底，盖上泥沙，使人们无法寻找它们。

死亡三角区使飞机和船舶失事的原因基本弄清了。但是，为了进一步弄清产生“气拳”的原因，杨教授准备再次去死亡三角区探险。

又是一个月圆之夜。“勇敢”号在百慕大附近的洋面上绕着圈子。杨教授发现磁场有变化，接着，“勇敢”号又同上次一样被压入了海底。这次它撞上了海底的山脉，艇身破裂，开始进水。幸好艇上有两枚救生火箭，能把杨教授和小赵带出水面。杨教授先叫小赵坐进一枚救生火箭，并将一张纸条和一只金属黑盒交给了小赵，然后叫他点火；火箭从水底下冲出海面，小赵睁眼一看，自己已坐在一只橡皮小艇上，在海中漂浮。过了许久，小赵还不见杨教授从水中上来，急忙打开电台与杨教授联系，但耳机中寂然无声。他又同基地联系，基地也未收到教授的信息。小赵想起了杨教授写的一张纸条，他取出一看，上面写着：“第二枚救生火箭损坏了……”这次探险虽然弄清楚了“气拳”产生与磁场有关，但是杨教授却为此壮烈地牺牲了。

《星火》，1980年4月号

五岁的探险家

张传德

小迈克今年刚满五岁，可他到过月球、火星、木星，金星和土星上也有他的足迹，真称得上是屡建功勋的星际探险行家。这次国家星际航行局的刘总工程师要亲自赴J341号小行星，去探寻地球上罕见的高含量的铽矿，不用说，又少不了带上小迈克这个得力助手。

刘总工程师带着小迈克乘飞船驶向J341号小行星。该着陆了，在刘总的控制下，飞船像一片雪花向小行星的一块平坦的陆地缓缓落去。可是在J341号小行星上，不存在地球上那样巨大的引力，飞船飘忽不定。刘总揿了一下控制台上的一个按钮，四根铁柱从飞船下面伸了出来，铁柱头上的高速钻头直向岩石深处钻下去，这才把飞船固定在小行星上。

刘总留在飞船里指挥小迈克，而小迈克却神气十足地走下舷梯去了。他是机器人，用不着什么防护，所以只带了一盏照明灯和一些必要的工具就轻装上阵了。在失重状态下，小迈克的钉耙鞋在地面上钉得很紧，他的步行反应感觉良好。

小迈克携带的探测器上的指针开始颤动，这表明，在200米以外的表层下面有铽矿。小迈克发现了一个大洞口，他顺着洞一直走下去，探测器上的指针不断偏转。当小迈克到达洞底时，探测器上的指针竟然跳过了仪表盘的最大度数。借着头上照明灯的亮光，他那钢铁的手指拣起了一块小岩石。经过认真的鉴定，小迈克高兴地报告：“刘总，我找到了铽矿，含铽量高达96.75%。”

就在这时，无线电通讯中断了。原来，不知从哪儿飞来一颗陨星，它以极大的速度撞在J341号小行星上，小行星震撼起来了。在这场大动荡中，小迈克差点给“报销”了。现在，他两脚悬空，身子周围还悬着乱七八糟的石块。

“小迈克，不要惊慌。把你的手伸开，脚也张开，先靠上洞壁。”刘总发出了命令。不料，小迈克刚靠上洞壁，一块石块击中了他的头部，把照明灯打灭了，他的视觉系统失灵了，身上电池里的电也快消耗完了。小迈克已无法爬出洞口。

刘总决定想尽一切办法，把小迈克从洞里救出来。突然他想起，正是地球的引力把人们牢牢地拴在地球上。万一地球失去引力，它自转产生的惯性离心力就会把地面上所有的东西统统甩到宇宙空间去。想到这里，刘总满怀信心地喊：“注意，小迈克，我要把你甩出来！”霎时间，小迈克感到身子在旋转，一股力量把他和周围的石块推向洞口，不过，石块受到的推力很小，它们落在小迈克的后头了。

小迈克终于回到了刘总的身边，现在他的全身已被整修一新。小迈克到底还只有五岁，他不理解刚才怎么会转起来的，推力是从哪儿来的。

刘总笑着回答说：“刚才我把飞船开到离洞口不远的地方，把喷气孔调到与J341的直径成90度角的方向，四根铁柱插入岩石。我把发动机的功率控制旋钮拧到最大，喷气孔就沿着行星表面的切线方向射出一股猛烈的气流，使J341轮子似地转动起来。这颗小行星一旋转，就产生了惯性离心力。”

小迈克笑嘻嘻地点点头，好像听懂了。他又问：“为什么那些石块落在后面了呢？”“啊，我还没有把牛顿运动定律存放在你的脑子里。”于是，刘总耐心地回答说：“根据牛顿第二定律，惯性离心力和质量成正比。你的质量比那些小石块大，受到的力就大，当然跑到了前面。”

接着，刘总告诉小迈克，“根据对你带回来的岩石标本的鉴定，这的确是纯度很高的铽矿。你历尽艰险，完成了一项很重要的任务。”刘总像对待探险归来的朋友那样，热情地和小迈克紧紧地握了握手。

《我们爱科学》，1980年第12期

钨鲨岛之谜

张佩芳

在某国宣布“北极魔光”号宇宙飞船发射成功的消息之后第三天，位于南太平洋的钨鲨岛突然在猛烈的爆炸中消失了。在此以前，该国的一个巨大的空间实验室曾向小岛发射一束高能激光。有些人猜测这一定是他们研究成功了一种高能伽马激光器，利用伽马射线引起岛上的钨元素发生裂变，最后导致小岛自我爆炸。

从我国有关部门掌握的情况来看，这次爆炸很像是轻元素的核聚变，而不是重元素钨的核裂变；伽马激光器的传言，很可能是一个阴谋。为了要弄清真相，有关方面组织了一个调查组，专门对此进行了调查。记者方华也参加了这次调查。

宇航中心孙主任把方华领到宇航专家鲁钝的办公室。方华和鲁钝在中学时代就是一对好朋友。两人一见面，鲁钝就对方华说：“今晚我们乘新研制出来的宇宙飞船，做一次到‘过去’去的调查。”这时，门外传来了孙主任的声音：“方华，老鲁，准备出发了！”

调查组共五个人。大家来到发射场，顺着升降机爬进飞船。这艘飞船非常奇特，它是用宇宙中的引力波作为飞船的动力的，飞船的速度可以无止境地提高。飞船的四壁尽是大大小小的荧光屏，正面的荧光屏特别大，几乎有3米左右长。

飞船很快地飞出了太阳系。不久，飞船到达了预定的轨道，正面的大荧光屏上出现了波涛汹涌的太平洋，洋面上出现一个巨大的烟团。继而，烟团在慢慢地缩小，变成一团蘑菇云……鲁钝对孙主任说：“逆时观察太别扭，还是用录像机将岛上一年内的情况全部录下来，然后再倒回来放映，做顺时观察。”孙主任连声说：“好办法。”

飞船突然加速，岛上的景物一晃而过。几分钟后，他们关上录像机，开始做顺时放映。只见一艘“北冰洋”号远洋考察船向小岛驶来，船上有几个人上了岸，一架小型直升机吊着一件很大的东西，飞到小岛上的一个岩洞上面，把这包东西慢慢地放进洞里。从分析记录来看，这是一个热核装置。原来，他们用一束高能激光，使这个热核装置爆炸，钨鲨岛就是被这枚热核武器炸毁的。真相终于大白了。

飞船返回地面的当天下午，报纸就发表了方华采写的《钨鲨岛之谜》的长篇通讯，揭露了真相，某国的野心受到世界各国的谴责。

《解放军文艺》，1980年1月号

海　怪

张佩芳

“霹雳”号是一艘最新式的潜艇，在完成海底战术训练后的返航途中，忽然中微子报话机出现了一种十分奇怪的信号。接着，在超声波水下搜索仪中，发现有一个梭形的模糊白影在跟踪潜艇。艇长鲍钟为了避免给潜艇返航带来任何麻烦，下令用次声炮干掉它。强大的次声波形成了一连串的巨脉冲束，无声无息地向着那个怪物轰去。这个家伙竟然无动于衷，仍旧向潜艇游来。鲍钟下令打开探照灯，想看个清楚，探照灯把几十米内的海底照得通亮，那个怪物却像幽灵般地在远处一闪，就不知去向了。

上岸后，鲍钟立即去舰队作战处把这个不解之谜向雷处长作了详细汇报。

晚上，月挂中天，飞辉凝丽。鲍钟与他的女友郦唤君坐在一只小巧的游艇上，任凭游艇自由自在地在海湾中飘荡。忽然，鲍钟背后响起了一阵异样的呼吸声。他扭头望去，在五六米远的水面上，伸出一个长颈鳄鱼般的头，一双突出的眼睛，闪烁着磷火般的绿光。不容犹豫，鲍钟从唤君身后拿过照相机，对准海怪按了一下快门，白光一闪，被惊吓了的海怪，从水面窜起两三米高。待它重新落入水中时，它那几米长的粗大尾巴一下子把游艇打翻了，鲍钟撞在船舷上昏了过去。

鲍钟清醒过来时，发现自己已躺在医院的病床上，周围坐着雷处长和唤君。雷处长面有难色，鲍钟猜想他一定有什么事，便打起精神来询问。原来，昨晚的事不但引起了海军首长的高度重视，也使古生物学家、海洋生物学家发生了极大的兴趣，准备开一个紧急联合讨论会，要鲍钟去介绍昨晚的情况。

鲍钟在会上介绍了两次事件的情况，唤君又作了补充。会上，有人认为这个海怪就是各地盛传的蛇颈龙，也有人提出异议，争论得异常激烈。最使人感到迷惑不解的是，为什么威力巨大的次声炮未能使它丧命？为什么能穿透任何物体的中微子通信会受到它的干扰？这时，侦察处长来到会场，在司令员身后低声说，有一艘国籍不明的拖网渔轮，在公海上徘徊游弋。司令员下令严密监视这艘拖网渔轮。

几天来，舰队派出三艘搜索快艇日夜巡逻，但一次也没碰上这个怪物。科学院的几艘大型拖网渔轮也找了几天，同样毫无结果。海空大演习的日子越来越近了。科学院给舰队送来了四条大海豚和一条章鱼。它们都是机器鱼。机器海豚的潜水性和游速并不比真海豚逊色。它体内的电脑储存着蛇颈龙的特征信息，一旦发现蛇颈龙，它就能自动追踪，还能把蛇颈龙的一举一动通过中微子通信传真。那个机器章鱼则能按照指令，用它八只内侧带有吸盘的大腕足捕捉目标，任何海怪休想从中逃掉。

机器海豚在水下搜索了整整一天，毫无结果。第二天早晨，怪物终于被机器海豚搜索到了。四条海豚已把它包围在一个只有几十平方米的海底。怪物原来是一条像海豚模样的“间谍鱼”。机器章鱼挥动着八只巨大的腕足，一下子把它“搂”到怀里，死死地抓往不放。任务完成后，机器章鱼悠然自得，胜利回师。

这时，海空大演习开始了。鲍钟在用中微子报话机与司令员通话时，那个奇怪的信号又出现了。中微子电视中出现了四条机器海豚，正在向这条“间谍鱼”冲击。当时，“间谍鱼”正在偷偷摸摸接近水下的“霹雳”号。远处的公海上又出现了那艘神秘的拖网渔轮。

原来，拖网渔轮发给“间谍鱼”的中微子遥控信号，干扰了报话机。“间谍鱼”的速度很快，只要几分钟就能回到渔轮。为了不让它带走“霹雳”号和大演习的任何情报，司令员给“霹雳”号下达了用DS-2战术攻击系统对“间谍鱼”实施攻击。一瞬间，“间谍鱼”化成了一团耀眼的白光。那搜拖网渔轮慌忙掉转船头，狼狈地逃走了。

《太原文艺》，1980年5月号

信　使

张涌林

“春蚕”号航天飞船肩负着科学使命，按预定计划飞向太空。

当飞船进入“C—2号”天域时，防撞雷达突然自动开启。飞船前方发现活动目标，荧光屏的亮点越来越近。“危险！”舱内响起了报警信号。船长姚云果断地按下红色的防撞按键，自动操作系统调整了航向，从而避免了一场可怕的“空中车祸”。忽然，一个“幽灵”似的黑影掠过飞船，荧光屏上留下一点鬼蜮般的闪光。船长命令：“迅速查明这个不速之客！”“是！”见习宇航员肖峰启动计算机的检索装置。“报告船长，这是一个未编入册的无名飞行物。”坐在旁边的冯教授建议：“我们向它靠拢！”姚云随即启动了制动火箭，以相反的航向朝“幽灵”逃逸的方向追去，很快就与“幽灵”处于相对静止状态。这时，肖峰打开红外摄像器，把“幽灵”投影在荧光屏上。这只怪物的舱顶和尾部各有一个大圆盘，看起来像一架大型直升机，头部四只突出的圆形，颇像蜻蜓的一对复眼，这难道是天外来客？他们马上将此情况报告基地。基地指示向“幽灵”靠拢登舱。姚云和肖峰离开飞船，来到“幽灵”的跟前，只见洞开的舱门，漆黑一团，飞船内外死一般寂静。两人开亮了宇航帽上的太阳灯，悄悄进入舱内，发现舱内所有的仪表、仪器停止不动，能源已耗尽。这时，肖峰往后舱走去，一道翠绿色的闪光射来，他警惕地把激光枪对准闪光处，突然在墨绿色的柜内飞出一个花苞状的盒子，当激光枪聚焦在花蕊上时，“嚓”的一声，神秘之盒自动张开，分成莲花状的五瓣，按红、黄、绿、蓝、紫的顺序变幻着色彩。接着，奇迹出现了：色彩变幻被复杂的波形代替。其中两瓣竟像电视屏幕一样依次出现了埃及金字塔，中国的万里长城，巴黎的埃菲尔铁塔，纽约的摩天大楼……两人正看得入迷时，突然一切信息消失，盒子“嚓”的一声关闭，舱内又是死一般的寂静。肖峰猛地发觉一阵“强辐射”的袭击，穿在身上的15层复合材料组成的宇航服也抵挡不住，两人紧握着神秘之盒纵身跳出了船舱……

当他们带着这只神秘之盒回到了喜马拉雅高原上的基地后，中心调度室的丁主任和计算中心的黄教授热情地迎接他们，欢迎他们带来了天外文明的信息。

技术分析表明，神秘盒里装的信息以及储存、重现信息的技术，都不是今天地球上所有文明能达到的水平。而里面表达的学术思想与思维特征，也根本不同于我们地球。采用HMJ-10计算机破译的一部分信息，是宇宙人用特有的语言写成的考察太阳系的札记以及许多有关地球上的史料。但由于我们的破译手段落后，大量信息还没有译出。按已破译的内容判断，宇宙人早就在敲地球之窗了。再根据我们对“幽灵”的跟踪结果表明：它不仅肩负着对地球的考察任务，恐怕整个太阳系都是它预定的目标。现在，国家宇航局已把“幽灵”命名为“信使”号，并决定不惜代价追降“信使”号。追降方案已经制订，小分队业已组成，并采取了防止强辐射的安全措施。航天中心决定派肖峰担任这次航天飞行的向导。前来送行的冯教授和姚云同志嘱咐他要大胆、果断、安全！“春蚕”号又一次拔地而起，腾空而去。

《科学天地》，1980年第3期